COLLECTION FOLIO

Antoine Wauters

Pense aux pierres sous tes pas

Gallimard

Antoine Wauters est né en 1981 et vit en Belgique. Son premier roman, *Nos mères* (Verdier, 2014) a reçu le prix Révélation de la SGDL. *Pense aux pierres sous tes pas*, publié chez Verdier en 2018 avec *Moi, Marthe et les autres*, a obtenu le prix du Deuxième Roman.

Aux séparés

PRÉLUDE

Les mots que vous allez lire n'ont d'autre ambition que de témoigner de notre histoire, depuis notre enfance compliquée jusqu'aux temps de l'apaisement.

On ne nous a pas payés pour le faire.

On n'en a rien à foutre d'être payés.

On voulait le faire parce qu'on ne dit pas assez que les ombres peuvent être terrassées.

Et qu'on a tous besoin de clarté.

ENTRE ICI ET AILLEURS, PETITE TOPOGRAPHIE DE NOTRE PAYS

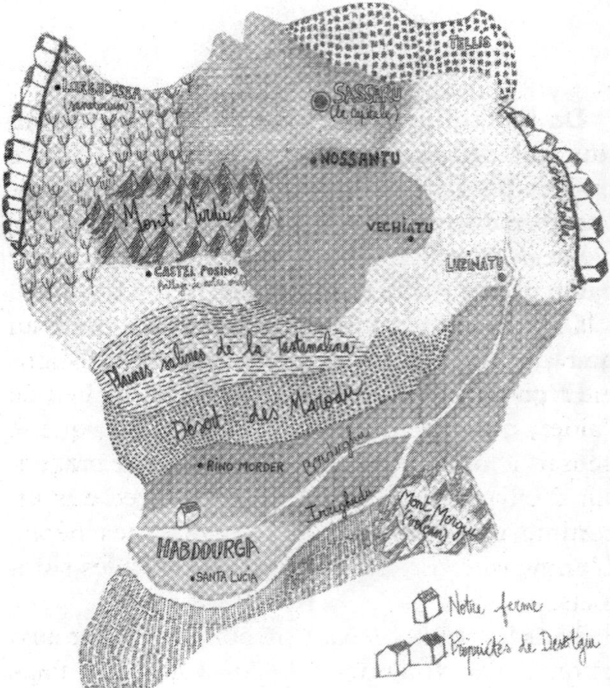

1

Le déguisement

On était nés jumeaux, pourtant mon frère avait toujours été comme un aîné pour moi. Parce qu'il était le garçon et devait s'occuper des cheptels avec Paps, il partait le matin dans les vallées pleines de brume où il n'y avait pas le moindre habitant, mais une forte présence de fleuves. Et, à la seule évocation de ces choses, moi qui n'en pouvais plus d'être enfermée, d'entendre Mams me reprendre de volée quand je rêvais au lieu de l'aider, que j'étais seule et que je rêvais, que je pensais à lui, à mon frère, mon ventre se craquelait d'envie : je rêvais de m'enfuir avec eux et, comme eux, de toucher le ventre des bêtes. L'immensité. Le ciel et les moissons et les sommets.

Tous les deux, on était encombrants pour eux, et on l'avait toujours été. Au point que Paps aurait préféré ne pas nous avoir et rester toute sa vie comme ça, avec Mams, qui le rendait complètement dingue avec ses hanches en montagne de massepain et ses seins lourds toujours luisants.

Pour autant, je ne crois pas qu'il nous détestait. Mais le seul fait de nous voir courir devant lui, et parfois simplement de nous entendre, l'irritait à la puissance mille : il mettait des coups de pied dans les chaises, cassait des vases, hurlait, puis se taillait pendant des heures on n'a jamais su où.

Pauvre Paps.

De toutes ses forces, il haïssait notre président Desotgiu, au pouvoir depuis plus de vingt ans. C'est bien simple, dès que Desotgiu parlait à la radio, Paps se cambrait dans le fauteuil de coin et se mettait à hurler, multipliant les noms d'oiseau, crachant sa rage et sa détestation, puis se levant pour couper le poste en crachant un dernier juron. Et il avait raison, Paps, certainement, même si d'un autre côté personne ne se plaignait de la situation, y compris lui. Depuis vingt ans, Desotgiu nous prenait quatre-vingt-dix pour cent de nos recettes pour se faire construire des propriétés de luxe sur la côte. Depuis vingt ans, on croulait sous les taxes, des tas de gens se retrouvaient à dormir par terre comme des chiens verruqueux, mais tout ça nous semblait « normal » (on préfère oublier les choses qui font mal, oublier la façon violente dont on naît, dont on meurt, dont on se sépare, on préfère ne rien dire et, tant qu'il nous reste un filet de souffle, faire l'autruche et vivre malgré tout). D'autre part, quand Paps voyait ces types à la télé, ces pauvres types qui avaient tout perdu, il disait que c'était des feignasses et des bons à rien, et il se moquait d'eux, si bien que pour ne pas l'irriter on disait également qu'ils puaient, ces clodos, et que si on pouvait leur shooter dedans pour leur montrer ce que c'est d'avoir mal, on le ferait sans hésiter.

Bam !

On était comme ça à l'époque : on ne pensait à rien et on ne connaissait rien. Chez nous, dans les terres tout au sud, seul comptait le travail manuel : moissons, vêlages, production de lait, plantations de tomates. Chez nous, pas de livres, pas de disques, pas d'émotions. Juste les vieux magazines pornos qu'on avait trouvés dans le fenil du père de Zbabou, notre ami, et qu'on avait ramenés à la maison par curiosité. Sauf que ça ne nous faisait rien, nous, ces saletés-là, et que c'était Paps qui les lisait depuis tout ce temps.

Comme tous les gens de la Habdourga (la région la plus reculée du pays), on avait une petite fermette avec des bêtes, une petite ferme crasseuse, un taudis. Mais on ne se plaignait pas. Chaque jour, on se levait dans la lumière et on matait les fleuves qui partaient loin, le Bordughu, l'Irrighudu, les fleuves et les rivières où on se baignait depuis toujours. Puis le travail commençait : mon frère les champs, moi le linge ; lui les cheptels, moi le ménage, et ainsi de suite jour après jour. Quand le boulot était terminé, on tournait le dos à Paps et Mams et on gobait l'air frais, se liant à des troncs avec des lianes souples qu'on fumait par ailleurs, cent pour cent sains et cent pour cent malades. Vivants, on courait sans arrêt, tout le temps, et comme il n'y avait pas la moindre ville dans le coin, on était comme vissés sur place. Mais on vivait, voilà : notre vie s'appelait joie.

Une ou deux fois par an, afin de se retrouver seuls, Paps emmenait Mams à Santa Lucia, la bourgade la plus proche, à environ soixante-dix kilomètres. Ce qu'ils y faisaient, je ne l'ai jamais su et, d'une certaine façon, ça ne m'a jamais préoccupée parce que, tant que mon frère était là, j'étais heureuse, j'étais la fille la plus heureuse et rien d'autre ne comptait.

Aussi, comme on ne séparait pas les choses – que la vie sans le travail n'était pas concevable – on pouvait rire et se marrer tout en besognant. Ma seule douleur, c'était quand, au milieu d'une traite ou de Dieu sait quel ouvrage, je les imaginais main dans la main, loin de nous, mangeant une glace dans les ruelles de Santa Lucia, parce qu'alors je me sentais comme une morte de faim, pas aimée, pas voulue, et réduite pour ces questions-là à une forme de mendicité. Mendier l'amour !

Quand ils rentraient le lendemain, le travail était toujours fait comme ils l'avaient demandé.

— C'est bien, disait Mams.

— Normal, disait Paps.

Puis Mams me mettait à l'ouvrage en me débitant ses litanies (les garçons aiment les chevaux, les attelages, le fouet, tout ce qui remue et fait du bruit ; les filles, au contraire, préfèrent les jeux paisibles qui satisfont leur goût pour les travaux de ménage, pour la toilette et la conversation), tandis que Paps, qu'on s'était mis à appeler comme ça à cause du bruit des gifles qu'il nous administrait, à cause du bruit de la colère, à cause des coups de livraxiu, le nerf de bœuf qu'il employait dans les grands soirs, tandis que Paps s'en retournait aux champs avec mon frère et cette faux dont encore aujourd'hui je me souviens – avec elle il matait les bêtes, il les cognait.

Ainsi allait la vie.

Et puis, quelques jours après nos onze ans, on a voulu inverser les rôles. Quelques heures, pour voir ce que ça donnerait, pour jouer. Mon frère en fille et moi en mec. On voulait voir ce que ça donnerait. Sans doute à cause de ce monstre chaud qui nous rongeait le ventre déjà à cette époque.

Ce jour-là, Mams préparait les sandwichs du pique-nique de Paps dans l'euphorie de Santa Lucia dont ils étaient revenus la veille, Paps se rasait dans la petite salle d'eau et chantait tout comme elle, traînassant, relax, pas du tout comme un jour normal. Profitant de ce moment de paix, on s'est enfermés à double tour dans notre chambre. On a fermé à clef. Marcio, lentement, s'est avancé vers moi, a défait ses habits, les a laissés tomber au sol, puis, saisissant sa chemise, il a sorti de sa poche le crayon noir de Mams et s'est mis à tracer un duvet sous mon nez, une fine ligne, une simple petite moustache. J'ai enfilé sa chemise et son pantalon avec au ventre une joie immense.

— Embrasse-moi comme une fille, mon frère,

j'ai dit sans réfléchir, tellement je me sentais bien, profonde, tellement bien avec lui. Fais la fille qui embrasse.

Et il l'a fait. Il a glissé entre mes lèvres une langue très fine et fraîche, pendant que je fermais les yeux pour que celle-ci parte dans ma bouche à la recherche de signes secrets, de dessins d'animaux disparus et de bien d'autres choses. Puis, scalpant les cheveux blonds de notre poupée Mary, je les ai scotchés aux siens, à ses cheveux. Et lorsqu'il a eu enfilé ma culotte et mes bas, ma robe et le reste, alors on s'est postés devant le miroir et on a ri comme des débiles.

On se sentait vastes. Vastes et légers.

— Embrasse-moi, mon frère. Embrasse-moi !

Quand on est descendus, Paps avait fini de se raser et partait aux champs, et Mams vaquait à ses occupations comme en pilote automatique, regardant le linge à contre-jour pour y déceler les moindres trous et les repriser si nécessaire. Un instant, on a encore souri, car c'était bon de les piéger. Puis j'ai avalé un verre de lait additionné de sel et suis partie rejoindre Paps. Les champs. L'immensité.

Naturellement, il ne s'est aperçu de rien quand je suis arrivée, vu qu'il n'a même pas levé les yeux. Il cognait la terre, Paps, son corps était sa houe et il cognait, cognait, et la sueur giclait et retombait dans les blés et les herbes pendant que tout, dans les plaines de la Habdourga, prenait couleur d'argent. Le monde entier prenait couleur d'argent.

Après un petit moment, comme il ne me voyait toujours pas, je me suis mise à faire comme lui, je veux dire, j'ai transformé mon corps en bête de somme, soldat-insecte, et j'ai cassé des mottes, fait des sillons, semé des graines et envoyé ma sueur recouvrir le monde, jusqu'à ce que, à midi, il demande où était le pique-nique. Le putain de pique-nique. Ça vient ou pas ? qu'il a dit. Et moi, l'instant d'un éclair, j'ai repensé aux sandwichs que j'avais vu Mams préparer, mais que j'avais malencontreusement oubliés.

Mes jambes se sont mises à trembler.

Ça a fait du bruit dans ma tête.

Des coupures d'électricité.

Mais au lieu de m'effondrer, j'ai bombé le torse et haussé le ton, prenant la voix de mon frère :

— C'est Mamsu, elle veut te voir. À cause d'hier et de Santa Lucia. Tu viens ? Elle a demandé que tu la rejoignes.

« Elle a demandé que tu la rejoignes. » Il a souri en entendant ces mots, et c'était bon de voir Paps sourire.

Quand on est arrivés, en voyant Mams, il s'est précipité dans ses bras et s'est mis à lui toucher les fesses, à la peloter, la coincer contre le mur, mais parce que j'étais une fois de plus entre eux comme un obstacle, Mams a refréné ses ardeurs et elle a dit sa phrase préférée : « Ce soir, Nino, ce soir. » Et tous deux ont éclaté de rire.

Mon frère, par contre, n'était pas là. Il est où, cet idiot ? j'ai pensé tandis que Mams gueulait pour que je les rejoigne et que Paps n'arrêtait pas de répéter : « Mais qu'est-ce qu'elle fiche, cette conne ? », ce qui sonnait bizarre à mes oreilles, naturellement.

Quelques minutes, je suis restée seule avec Paps devant nos assiettes vides. Puis il y a eu un cri quelque part dans la cour, et Mams est revenue avec mon frère déguisé en moi. Elle le tenait par l'oreille. Elle nous fusillait du regard. Oh Mams…

— Ça va ? a demandé Paps.

Et elle, parce qu'elle voulait nous protéger de lui, de sa colère, de sa fureur, a dit que oui, ça allait, mais qu'elle allait monter un moment avec nous.

Sur le palier, Marcio m'a dit qu'elle savait tout, qu'on était morts, qu'elle l'avait vu pisser contre le mur et qu'il avait relevé « sa » robe. Putain de robe, il a dit.

Puis Mams a refermé la porte, puis Mams nous a déshabillés dans un silence de mort, puis Mams nous a allongés sur nos lits, à plat ventre, sans un mot, et elle a sorti le livraxiu. Encore lui.

Combien de temps ça a pu durer ? Je ne sais pas. Mais je sais que tout le temps que ça a duré, elle répétait qu'on n'était pas normaux. Et elle pleurait en disant ça, Mams, oh Mams. Qu'on n'était pas normaux. Des monstres.

2

Les incendies

Et puis, comme si les choses ne pouvaient pas rester comme ça et qu'il fallait toujours des malédictions, quelque temps après cette histoire de déguisement, la foudre a frappé l'arbre où on se cachait avec Zbabou, l'arbre aux jeux, aux lianes.

Quelques heures avant ça, on avait pris le fusil de Paps et on s'était planqués dans les hautes branches, d'où on avait tiré dans les nuages en se sentant forts, capables de tout. C'était une belle période, car même si Mams n'y était pas allée avec le dos de la cuillère pour nous punir, le fait qu'elle n'ait rien dit à Paps avait changé la donne. Grâce à elle, on pouvait continuer à sortir et avoir l'horizon pour nous.

Il faisait chaud, dehors. On avait mis nos culottes courtes et on tirait dans le ciel comme des fêlés, appuyés contre le tronc. Comme d'habitude, Zbabou nous accompagnait mais il ne voulait pas tirer, lui, et se contentait de sourire en nous tannant pour qu'on tue un oiseau.

— Juste un petit ! il disait. Juste un petit oiseau ! Allez ! S'il vous plaît ! Juste un petit !

Il aurait tant voulu voir ce que ça faisait, comment c'était, un oiseau mort, mais on n'oserait jamais le faire, qu'il disait, parce qu'on n'était rien que des couillons. Et ça le faisait marrer de dire ça, Zbabou, qu'on n'était que des couillons. Sa douleur, lui, c'était que son père était mort quand il était petit. Tac ! Son cœur s'était arrêté net et il était tombé raide mort au milieu de leur cour, sous les yeux de Zbabou qui, depuis, avait sans arrêt des cauchemars et entendait le bruit du crâne de son père frappant le sol.

— Vous savez quoi ? il nous disait toujours. Vous savez ce que j'ai vu ?

Et nous, faisant comme si ce n'était pas la cent millième fois qu'on entendait la même histoire :

— Non, Zbabou. C'est quoi que t'as vu ?

Et Zbabou de nous expliquer qu'il s'était approché de son père en pensant qu'il lui faisait une blague.

— Tu me charries.

Il s'était agenouillé près de lui.

— Papsu, pas vrai que tu me charries ?

Il lui avait touché les mains, le front, puis avait vu deux larmes rondes comme des perles couler lentement le long de ses joues. Des larmes immenses qui tombaient comme au ralenti.

— Réveille-toi, Papsu ! Hein, réveille-toi ! Dis-moi que tu me charries !

Mais son père restait au milieu de la cour et Zbabou avait beau le secouer, le pincer, le piétiner, le mordre, le retourner dans tous les sens puis appeler sa mère en pleurant, c'était trop tard. Les grosses larmes coulaient, et avec elles l'âme de son père.

— Comme si Papsu me faisait au revoir. Comme s'il était triste de me laisser. J'avais seulement sept ans.

Pauvre Zbabou.

Sans rien dire, j'ai pris le fusil et me suis hissée aussi haut que j'ai pu, puis j'ai attendu qu'un oiseau se pose. À part la musique au fond de moi – de mon cœur et de celui de Marcio, confondus, proches – il n'y avait aucun bruit. Ça a duré un peu, puis au bout d'un moment des plumes se sont mises à bouger à l'extrémité du canon. L'oiseau me fixait. Une seconde, retenant mon souffle, j'ai fait comme si j'enfonçais le canon dans les plumes de son cou, puis ça a fait du bruit à l'autre bout du fusil. Ensuite, j'ai entendu un choc, mat, quelque chose qui frappait la terre. Et puis plus rien.

Je suis descendue de l'arbre sans rien dire.

J'ai regardé tout autour.

Au sol, j'ai vu des plumes éparpillées ainsi qu'un petit ventre rouge fendu en deux, avec à l'intérieur un chapelet de viscères qui m'a instantanément rappelé le rouge à lèvres de Mams quand elle sortait à Santa Lucia.

Zbabou était agenouillé devant la bête.

— Enfoirée de foutue conne, il a dit en me regardant et en touchant la bête.

Il s'est redressé, ses sanglots se sont perdus au

loin sur les sentiers ; nous, on a creusé la terre, et dans le trou on a poussé la bête avec nos mains, puis on a shooté dedans avec des larmes plein les yeux, parce que son sang collait au sol. Son pauvre sang collait. On a rebouché le trou comme il fallait, construit une croix qu'on a plantée devant et, là, ce sont nos six ans qui ont giclé, quand Paps avait creusé une tombe pour Moïse notre cygne, mort cette nuit-là. Avec Marcio, on avait regardé Paps poser le corps dans la tombe et on s'était mis à chanter les chants des cérémonies des morts, en se balançant d'avant en arrière avec nos capuches vissées sur la tête, à la manière des veuves du coin. Après, on avait construit une croix en bois avec « Moïse » marqué dessus au canif, puis Paps nous avait pris par la main et on était allés rejoindre Mams, sans un mot, après avoir rebouché le trou. Jetant du sable. Des fleurs. Nos regrets.

— Six ans ! avait dit Mams à notre retour. Six !

Puis elle avait passé une main dans nos cheveux, on avait soufflé nos bougies et – parfois la vie a tout de même de beaux côtés – rien d'autre ne s'était produit. Je veux dire, on était restés tous les quatre exactement dans le même moment. Unis. Heureux. Comme si le temps n'avait plus prise sur nous.

Quelquefois, il m'arrive de penser que c'est à cause de cet oiseau qu'on a été punis. Je veux dire que le ciel, quelques heures après le coup de feu, a envoyé la foudre dans le même arbre, a envoyé l'éclair, puis l'a fait remonter jusqu'à la ferme, changée en incendie.

Peut-être qu'on doit payer ?

Que c'est ça, le destin ?

Payer pour les fautes qu'on a commises.

Payer pour nos passions. Nos amours.

Peut-être.

En tout cas, quand Mams a donné l'alarme cette nuit-là, c'était trop tard : le feu avait enjambé les clôtures, dévoré les épouvantails, disséminé le cheptel et maintenant les étables brûlaient, les récoltes étaient perdues et les champs ne ressemblaient plus à rien.

Les mois qui ont suivi, on a dû tout reconstruire patiemment. Les étables, les fenils. Tout.

Chaque matin, pendant que Mams vaquait aux occupations d'intérieur, Paps, accompagné de son frère Zio Pepino, enfonçait dans le travail le bruit blessé de sa respiration, la fumée blanche et bleue de sa pipe en écume de mer, et tout se remplissait du vacarme des bois qu'ils assemblaient, des pierres qu'ils taillaient, des terres qu'ils retournaient. Il fallait recréer le monde, qu'ils disaient, tout reprendre, tout reconstruire. Par moments, Zio Pepino se plaignait qu'il n'en pouvait plus, et alors Paps lui disait d'aller en enfer.

— Va au diable ! il disait en lui tendant un godet d'eau-de-vie ou de liqueur de myrte.

À quoi Zio répondait qu'il y allait tout de suite, vidait le verre d'un trait et éclatait de rire. C'était reparti !

Nous aussi, on s'amusait, parce qu'on bossait l'un contre l'autre et qu'on se retrouvait le soir, quand Paps et Zio étaient flingués par l'eau-de-vie, bien trop crevés pour nous tenir à l'œil, et que Mams dormait déjà.

Et puis, une nuit, au moment de nos douze ans, l'inévitable s'est produit.

Il faisait frais. Pourtant c'était encore l'été dans les plaines de la Habdourga.

À toute vitesse, on a traversé la cour en gardant bien éteintes les lampes de poche qu'on avait emportées au cas où.

Zbabou nous attendait à son poste derrière un ballot à l'entrée du fenil.

— C'est bien, Zbabou, a dit mon frère. Je savais qu'on pouvait compter sur toi.

Mais Zbabou faisait la tête. Ça l'ennuyait d'être là, au milieu de la nuit, et de surveiller l'entrée d'une grange pour deux cinglés comme nous.

— Jure que si Paps arrive tu préviens, OK ?

— OK, a dit Zbabou.

— Jure, a dit mon frère en lui tendant les figues qu'on lui avait promises.

— Je vous dirai, a dit Zbabou en attaquant une figue.

— Jure !

Puis à nouveau, cependant qu'il jurait :

— Tu nous dis, OK ? Puis tu te casses.

Le laissant là, on s'est avancés dans le fenil où tout était noir. Bon. Chaud. On sentait la présence des bêtes autour de nous, on se disait qu'il faudrait plus d'endroits comme ça sur la terre ; les gens seraient plus heureux.

Aux trois quarts du fenil, on s'est allongés sur le dos et on a regardé les étoiles par une fissure dans le toit. Ça aussi c'était bon. De temps en temps, sa langue venait se poser sur moi, sur mes joues et ma bouche, sur mes mains, puis elle glissait plus bas comme une caresse qui quelquefois accélérait pour me parler de la lumière, de la beauté, et de ce monstre chaud qui nous dévorait le ventre.

Après un certain temps, Zbabou s'est mis à murmurer depuis l'entrée du fenil. Il marmonnait des choses pendant que nous, on ne pensait plus à rien et on n'était plus là. Nos bouches s'ouvraient toutes seules et on riait d'être si vastes, comme si on accouchait de nous-mêmes.

— Allez-vous-en !

Mon frère, d'un coup, s'est levé et a pointé sa lampe sur Zbabou, dont je revois les lèvres bouger au ralenti, puis il a reposé la lampe et ça a recommencé : sa langue en moi et ses caresses puis ses morsures, l'un et l'autre allongés dans la paille. Trop bon.

Plus tard, pendant que je sentais l'odeur des champs et qu'on ne faisait plus qu'un, c'est moi qui ai braqué ma lampe sur Zbabou, qui n'arrêtait pas de faire du bruit et dont les traits me parurent déformés.

— Vous feriez bien de foutre le camp !

On entendait ses mots.

On pouvait les entendre.

Mais quand vous faites ce qu'on faisait là, vous ne pouvez plus vous concentrer sur rien. La terre vous semble aussi lointaine que le ciel, et toutes les mauvaises choses qui rendent votre vie si compliquée depuis toujours n'existent plus. Quelques secondes, vous n'êtes ni une fille ni un garçon, mais la légèreté même, celle des anges et des dieux. Aucun bruit ne vous parvient, à part ce chant, long, lent, qui balaye tout sur son passage ; la voix d'un petit garçon qui parfois rêve d'être une fille, et celle d'une petite fille qui rêve d'être un garçon. Un instant, vous avez l'impression de l'avoir retrouvée, la petite fille que vous étiez, celle qui aimait la vie. Et tout vous semble incroyablement simple.

— Foutez le camp ! Il arrive ! Foutez le camp, nom de Dieu !

J'ai regardé vers l'entrée du fenil. J'ai dit :

— Y a personne. Tu joues à nous faire peur ? C'est ça, Zbabou ?

Il restait là, sans bouger, et ne disait plus rien.

Puis il a fait un pas en arrière et c'est là que je l'ai vu, Paps, marcher vers nous avec les grands yeux de dingue qu'il avait avant de cogner. Il marchait vite. Un fou.

Vite, je me suis décollée comme j'ai pu, et j'ai crié de toutes mes forces pendant que mon frère serrait ma main et mettait de la vitesse en nous.

— Pense aux pierres sous tes pas, ma sœur.

On courait vers les champs.

— Tombe pas, si tu tombes on est cuits.

Ça a duré quelques minutes, puis Paps et son

pick-up nous sont tombés dessus, suivis, dans la lueur des phares, de Calixte et Mams, qui n'arrêtait pas de répéter qu'elle s'en doutait et le savait et qu'il n'y avait vraiment rien à attendre de deux cinglés comme nous.

Là, on s'est mis à avoir très froid.

Très peur.

Et sur ces entrefaites, la main de Paps est descendue du ciel, elle a fondu sur nous et tout s'est arrêté. S'est déchiré. Les soubresauts. La musique qui rend sourd. Et cette joie tout au fond de nous.

3

La nouvelle

Et puis, comme une nouvelle punition du ciel, il y eut l'éruption du Mont Morgiu. Un drame national qui fit des milliers de morts dans le sud-est du pays, et qui allait précipiter la chute de Desotgiu.

D'habitude, au Sud, c'était la misère noire, la sécheresse, la crasse et le manque d'argent montant du sol avec les sombres spores de nos désirs. Les gens n'avaient pratiquement rien, trimaient mais n'avaient rien, ni passions, ni plaisirs, tandis qu'au Nord tout était calme. Propre. Riche*. Ces choses étaient connues de tous, on savait bien tout ça, mais lorsque le Mont Morgiu s'est réveillé, ça nous a mis le coup de grâce et on a su qu'il n'y avait vraiment pas de justice en ce vieux foutu monde.

Sur place, c'était la panique générale. Pas d'eau, pas d'électricité. Des macchabées empilés

* Schématiquement, on pouvait diviser le pays en deux. Une partie sud, aride, majoritairement paysanne et sous-développée, et une partie nord, tempérée, largement industrialisée, à l'image de la capitale, Sassaru.

le long des routes ; et le chaos partout. Pour autant, Desotgiu ne se pressait pas de dépêcher les secours et se contentait de communiquer sur « l'imminence de leur arrivée ». Ils allaient arriver, qu'il disait, l'enfoiré de menteur. Oui, « il mettait tout en place pour qu'ils arrivent bientôt » et « il était de tout cœur avec nous en ces jours sombres qui plongeaient le pays dans le deuil... et resteraient à jamais gravés dans notre mémoire ». Sauf que, trois jours plus tard, trois jours précisément après le drame, la presse a publié des photos le montrant avec femme et enfants en train de barboter dans l'eau turquoise de la chiquissime Costa Lolla, où mouillait leur yacht baptisé *Le Calypso*. Desotgiu, en maillot de bain rouge flashy, avec ses cheveux gominés à la truand, enlaçait sa pin-up de femme, seins en avant, cul en arrière, collée à lui, qui vidait un grand verre de Martini dry comme dans les pubs à la télé. Un peu plus loin, sur des matelas gonflables en forme de phoque ou de Dieu sait quoi, on voyait leurs mioches barboter, leurs sales têtes de richards tournées vers l'objectif et prenant la pose, avec le hideux sourire des gens pleins d'assurance – oh comme nous haïssions cette assurance, Marcio et moi.

Bref. Il a donc suffi de ça : quelques photos, la mer, des vagues, pour que la colère des gens explose.

D'un coup, la situation n'était plus « normale », on ne la « tolérait plus », il fallait « pendre ce tyran par les couilles » et les taxes qu'on subissait nous apparaissaient enfin pour ce qu'elles étaient : de parfaits scandales.

Paps, comme un lion en cage, n'arrêtait pas de répéter qu'il aurait la peau de ce fumier, pendant qu'au même moment, à travers tout le Sud et comme une traînée de poudre, les gens sortaient dans les rues en criant qu'ils voulaient une vie décente et avoir le choix, y compris de se tromper. Ils voulaient du pouvoir d'achat et un monde propre et pur, sans corruption, sans Desotgiu et ses châteaux et ses villas en bord de mer. Ils voulaient pouvoir acheter ce qu'ils voulaient quand ils voulaient : des lave-linge efficaces, des frigos et des lave-vaisselle, quitte à en changer tous les trois ans. Méprisant les riches et les puissants, ils disaient que Desotgiu, au lieu d'aider les « petits », les avaient affamés, utilisés et épuisés, principalement dans les campagnes, mais aussi dans les villes, et cela jusqu'au Nord. À présent, ils voulaient un changement radical et disaient que le seul à pouvoir faire ça, c'était le colonel Bokwangu, de son prénom William, William Bénoni Bokwangu, dont le programme était on ne peut plus simple : donner plus de travail aux gens, et du pouvoir d'achat. Dans les rues, on se mit à voir fleurir des affiches de villes où tout était propre, calme, avec des filles bronzées posant devant des banques, des chambres d'hôtel, des saunas et des solariums, ou au volant d'immenses bolides. En dessous de ces affiches, on pouvait lire des mots sur la richesse pour tous, ici et maintenant. Et le bonheur universel.

Parallèlement, à cause de l'incident du fenil, il y avait de constantes frictions entre Paps et Mams, Mams voulant nous envoyer en pension quand Paps, de son côté, prétendait que c'était impossible parce qu'il avait besoin de nous. Tournant dans la cuisine comme une bête en cage, il exhibait des factures à payer et criblait de chiffres rouges ses carnets de comptes, puis se mettait à braire pendant que Mams se contentait de secouer la tête en disant qu'elle était perdue, lasse, et ne savait plus quoi faire. Suivait un long silence durant lequel on écoutait à la radio les flashs liés au Mont Morgiu – destruction de Benidindhe, rues dévastées, gens asphyxiés par les gaz ou écrasés par les blocs volcaniques – puis Mams, prétextant que cette vie n'était plus possible et qu'elle était à bout, revenait à la charge avec cette idée de pension. Elle nous mettait en garde :

— Surtout, jumeaux, ne faites pas notre erreur. N'ayez jamais d'enfants !

À quoi Paps répondait par des cris stridulants sortant de lui comme des nuées d'insectes, des cris qui lui faisaient cogner les murs et hurler de plus belle, en maudissant cette chienne de vie qui allait le faire crever.

Pauvre Paps.

Pauvre vie.

Pays de chiens.

En marge de cette idée de pension qui les divisait tant, ils avaient convenu de toute une série de règles strictes qu'on devait observer scrupuleusement si on ne voulait pas « disparaître du paysage », selon l'expression rituelle de Mams. Mais dans les faits, c'était plus des interdictions que des règles. Par exemple, on ne pouvait plus dormir dans la même chambre, chacun avait la sienne (la chambre de Marcio se situait au grenier et il y faisait une chaleur mortelle) ; on ne pouvait plus nourrir les bêtes ensemble (ce qui jusque-là était la norme et notre plus grand plaisir) ; se parler seul à seul était interdit, que ce soit à la maison (dont Zbabou avait été exclu) ou ailleurs, dans les plaines, au marigot et le long des fleuves où on aimait se baigner nus ; enfin, si Mams ou Paps (Mams ayant notre préférence) nous trouvait encore avec des déguisements de fous, d'originaux, de dépravés, ou en train de nous toucher, elle tracerait sur nos joues une croix des vaches avec le couteau de Paps, ou avec un morceau de sucre, pour retarder la cicatrisation.

Au fond, tous les deux étaient à bout, ça se voyait, mais d'une certaine manière on ne s'en faisait pas, parce que tout ce qu'on voulait, nous, c'était vivre notre vie et goûter l'amour.

— Embrasse-moi, je disais en le croisant en toute hâte dans les escaliers.

Ou encore :

— Embrasse !

Simplement ça.

Et lui me répondait :

— Alors touche-moi, ma sœur. Touche-moi, vite. Et embrasse-moi aussi.

Ce qui était le plus dingue, c'est que même s'il n'était plus jamais avec moi, je continuais à le sentir. Il était là : ses jambes qui s'enroulaient aux miennes dans le fenil, sous les étoiles, et le tam-tam de nos cœurs fondus.

— Encore, je murmurais. Encore. J'en veux encore.

Et là, je le sentais me caresser de toute sa main puis de la pulpe de ses doigts. Et c'était comme si je m'élevais dans le ciel puis que je revenais me poser en un lieu où j'étais en paix : loin des cris des parents, seule avec lui et cette musique assourdissante qui jetait Mams dans des rages noires.

Partout, tout le temps, je sentais sa main qui me touchait et tous ses doigts qui jouaient à monter et redescendre, jusqu'à ce que la tête me tourne si fort que je n'entende plus rien du tout.

Parce qu'on faisait chambre à part, je me racontais des choses bizarres qui m'aidaient à tenir le coup. Je rêvais par exemple de la mort des parents. J'imaginais leur mise en bière sur fond de chansons atroces, des chansons de fiel, de courroux, de détresse, chantées par les bergers de chez nous quand on leur vole une de leurs bêtes. Je me penchais par-dessus leur tombe et me voyais hurler, exactement comme eux le faisaient, combien j'étais mécontente d'eux, combien ils étaient nuls, combien, surtout, ils n'avaient jamais su nous comprendre. Nous aimer. Vos propres enfants ! je leur hurlais dessus. Et à ces mots, leurs visages se crispaient. Ils n'étaient plus qu'effroi. Lorsque je m'en allais, les laissant à la nuit de leur tombeau, j'entendais Mams :

— Bon sang, Nino ! Même sous la terre ça continue… Cette petite va nous rendre fous ! Tu sais, je crois vraiment qu'on devrait l'envoyer en pension, Nino. On devrait la perdre dans les bois !

C'était des semaines pénibles.

À la radio, ce n'était plus qu'un défilement de morts, des noms de villes entièrement dévastées par les coulées de lave, des noms de blessés, de brûlés, de nouvelles victimes, et moi je me disais : « Qu'est-ce qui fait que tu tiens à toi, Léo ? Comment se fait-il que tu n'as pas la force d'être un de ces blessés graves ou un de ces morts, en te faisant éclater contre le mur ? Comment se fait-il que tu t'accroches comme ça, alors que ta vie ne ressemble plus à rien depuis longtemps et que tu es pour toi-même comme un fantôme ? »

Pour ne rien arranger, je ne dormais plus et ne mangeais plus. Je n'y arrivais pas. Et puis, je voulais être maigre comme une tige de haricot, car peut-être qu'alors, se rendant compte de mon absence (je voulais fondre jusqu'à l'absence), Paps et Mams allaient se mettre à me vouloir, à me désirer, et peut-être même qu'ils me le diraient. Cette petite, Nino, qu'est-ce qu'elle me manque ! Cette petite, Zuna, qu'est-ce que je l'aime ! J'aurais tout fait pour entendre ça.

Seule dans ma chambre, je me forçais à penser à Zbabou, pas à mon frère, Zbabou, parce que depuis l'incident du fenil, j'avais l'impression de ne pas mériter mieux et d'avoir tout gâché. Après quoi je joignais mes mains sur mon cœur et, ainsi que je faisais dans les mauvais moments, je priais le Seigneur.

Où puis-je fuir notre amour ? Où puis-je mourir ? Où me cacher de lui, oh Seigneur Dieu ?

Et puis, ce matin-là, alors qu'on avalait notre soupe de lait additionnée de sel, ils nous ont annoncé la nouvelle. Ils avaient l'air heureux, je me souviens, heureux et amoureux. Paps venait de se raser dans la petite salle d'eau et elle, Mams, rayonnait. Tous deux se donnaient la main et échangeaient des regards complices, si bien que Mams serrait la main de Paps pour que celle-ci ne descende pas plus bas, pas au-delà de la ceinture, ce qui était son habitude lorsqu'il était heureux. Un instant, j'ai pensé que ça allait être chouette, une chouette nouvelle. Peut-être qu'on allait partir en vacances ? À la mer ? Tous ensemble ? Pour une fois ?

Non.

Se mordillant la lèvre inférieure, Paps s'est approché de nous. Puis il a essayé d'ouvrir la bouche mais les mots ne venaient pas. Ni les mots ni les sons. Alors, il a fait un geste en direction de Mams, un truc avec ses mains, et c'est Mams qui a lâché le morceau.

— Zio Pepino va venir te chercher.

Elle me brûlait, brûlait avec ses yeux.

— On pense que c'est la meilleure solution.

Puis :

— On lui versera une petite pension, mais en contrepartie tu l'aideras dans tous ses travaux.

Elle s'est arrêtée de parler. Elle me fixait. Puis elle nous a fixés tous les deux :

— On ne peut plus vous laisser ensemble… Vous le savez bien.

Elle avait la voix calme. Le calme d'une mère comme elle, se sachant débarrassée d'un de ses boulets d'enfant.

— Il viendra te chercher samedi, est intervenu Paps, dont la voix était revenue tandis que moi, la rage était bloquée dedans. La rage qui défigure les traits. La rage qui vous rend incapable d'intervenir. De vous opposer. Et qui fait que vous restez là, penaude, à regarder votre frère en priant que non, on ne vous séparerait pas ; non, il n'y aurait pas de Zio Pepino ; et oui, vous auriez le temps de foutre le camp d'ici là. Loin. Loin. À tout jamais.

Cette même journée, on apprit que le colonel Bokwangu avait soudainement pris le pouvoir, renversant Desotgiu en une nuit. Paps exultait, comme les gens dans les rues, qui sautaient et dansaient et s'incendiaient la tête en buvant des liqueurs terribles, sans se douter un instant que rien de tout ça n'allait durer. Et que le pire, comme à chaque fois, allait venir.

INTERLUDE I

Notre temps hors du temps

Les mots que vous venez de lire sont noirs. C'est vrai. Et probablement êtes-vous en train de vous dire « quelle poisse, le sort se sera bien acharné sur eux ! ».

Vous avez raison car, d'une certaine façon, notre enfance ne fut que ça : une suite d'accidents malheureux.

Pourtant, à l'insu de Paps et Mams, une drôle de langue poussait en nous, en réaction à leur langue à eux, qui rétrécissait tout : « S'aimer trop fort abrège la vie, dessèche le corps, réduit le cerveau, détruit les yeux » ; « La recherche du plaisir est un péché mortel » ; « Travaille, idiote ! » ; « Plus vite, allez ! »

Ravis par elle, par cette langue qui n'était pas autre chose qu'un chant, et parfois simplement des cris en écho aux cloches de l'église de la Barbaragia*, le village voisin, on se propulsait

* À proprement parler, la Barbaragia était un lieu-dit, à onze kilomètres de chez nous, où se tenait effectivement l'église, mais

dans la lumière, près des arbres et de ces champs de blé noir où on avait pris l'habitude de se cacher d'eux, je veux dire de nos bourreaux.

Et puis, grâce à cette langue, j'avais beau ne pas voir les arpents de terre que Marcio parcourait, serpe à la main, n'avoir vue que sur des piles de linge et des tas de poussière, je savais qu'il était là. Je le sentais. À chaque seconde. Même là, dans l'étroitesse de la cuisine, avec Mams collée à mes basques, il était là. Il respirait en moi et suait avec moi, tant il est vrai qu'on n'avait droit à aucun repos.

Allez comprendre ceci : toute notre enfance, on vécut dans un temps hors du temps, où l'espoir enjambait le mal.

Le soir, on se retrouvait dans les ravines où on se jetait avec Zbabou, qui nous regardait nous toucher l'entrejambe et, parfois, quand on le lui demandait, nous bourrait le slip de tout un tas de petites choses qu'on aimait follement, comme des épines, des orvets, du bois flotté, mouillé, des coquilles, de la boue, des salives. On avait besoin, au contact de ces choses, de préserver notre corps, sa lumière, sa beauté. Et de se laver de tous ces mots que Paps et Mams nous enfonçaient dans le crâne pour qu'on arrive – c'est ce qu'ils disaient – à devenir quelqu'un. Des travailleurs. Des gens bien.

---

aussi une école, la ferme des parents de Zbabou, celle de Marcello Gianni, voisin meunier dont nous reparlerons, et quelques vieilles masures abritant des familles de bergers.

La nuit, dans le silence de la ferme, on se racontait des choses, des espèces de poèmes :

— La tristesse est un mur élevé entre deux jardins, disait Marcio. Nous aussi on aura notre jardin, ma sœur. Nous aussi on y arrivera, à être heureux.

Aussi, on chronométrait tout (on comptait dans nos têtes). Chronométrer était pour nous une façon non pas de capturer le temps, mais de lui donner du goût : 12 secondes pour descendre à la cave chercher la bière de Paps, 34 pour enfiler notre pyjama, 57 pour nous débarbouiller et filer nous coucher. Toutes ces choses, qu'il fallait faire, mais qu'on n'adorait pas, c'était grâce à ce chrono dans nos têtes qu'on les accomplissait, parce qu'il plaçait notre vie dans une sorte de distance et que, tout petits déjà, l'idée d'être nous-mêmes, c'est-à-dire nous seulement, nous terrorisait.

Voilà.

Ce sont des détails comme ceux-là qu'il faut garder en tête. À côté des accidents de la vie, en plein cœur du malheur, d'une certaine façon nous étions heureux.

Maintenant que cela est dit, poursuivons.

4

La disparition

Le samedi où tout basculerait, tôt le matin, je me suis réveillée et mon frère avait disparu. Mams avait sa tête d'allumée, des cernes pas possibles et, de sa voix de robot, elle répétait qu'il était parti, que quelqu'un l'avait vu faire du stop la nuit sur la route de Santa Lucia, et que c'était abominable, un enfant qui s'en va, qui vous fuit.

Elle pleurait.

Paps, de son côté, buvait son café coupé à la liqueur de myrte en levant régulièrement les yeux sur moi, manière de s'assurer que les bobards de Mams avaient prise sur leur crédule de fille. Mais pas du tout, je ne croyais pas, pas une microseconde à cette idée de Marcio parti sans moi à l'autre bout du monde, enfui à tout jamais, cette idée de Marcio tournant le dos à l'enfer familial et à moi-même pour le même prix. Ça ne tenait pas la route. Alors, j'ai respiré à fond, ouvert grands mes poumons et me suis mise à l'appeler en criant de toutes mes forces, questionnant, hurlant, implorant, puis me posant pour finir sans rien dire au milieu de la cour, où j'ai pris mon visage dans mes mains pour pleurer longtemps.

— Vous me mentez ! j'ai dit.

Et je tirais sur la blouse de Mams et la fusillais du regard.

— Marcio n'est pas parti comme ça ! Vous me mentez !

Étant sûre que Marcio était retenu quelque part dans une étable ou attaché à un piquet au fond d'un quelconque champ (à un piquet, bon sang, comme un âne ou une chèvre !), j'éprouvais des envies de massacres et je ne pense pas me tromper en disant que je n'arrêtais pas de les menacer.

— Oh toi, tu ne vas pas vivre longtemps, Mams ! Approche d'un pas et ta vie sera brève !

Au fond, je me sentais comme quand Paps était venu nous chercher de force à l'école. Un des pires moments de notre vie. On devait avoir neuf ans et, pour nous (pas pour Zbabou qui n'y était jamais allé et disait qu'il n'y avait rien de plus couillon), pour nous, apprendre à lire et à écrire, l'école, tout ça, rien ne pouvait nous rendre plus heureux. Sauf que, avec notre poisse légendaire, Paps avait rappliqué un matin en arguant qu'il avait besoin de nous pour les moissons et les vêlages. Blabla et blablabla. L'éternelle tyrannie de l'esclavage. Il avait regardé la maîtresse, Maranna Gioia, une très belle femme qui excitait beaucoup les autres garçons en raison de ses seins lourds comme des pis, énormes, qui se déversaient sur nous comme du babeurre à chaque fois qu'elle devait se pencher, et il lui avait dit que non seulement il nous « reprenait », mais qu'il ne fallait plus nous attendre, ni le lendemain, ni le surlendemain, ni aucun autre jour de cette année ni de la suivante, car pour nous il n'y aurait plus d'école. En disant cela, il avait eu une tête pas possible de coupable, et un regard honteux qu'il ne m'avait encore jamais adressé jusque-là. Puis, en même temps que le silence s'était fait, on avait salué les copains, le décolleté de Maranna Gioia, sa bouche immense et ses cheveux noirs en tire-bouchon, et on était rentrés la queue entre les guibolles, comme les bouseux qu'on était alors et qu'on serait certainement jusqu'au bout.

Mais j'en reviens à la « disparition » de mon frère.

Ce jour-là, vers midi, Zio Pepino s'était pointé avec son âne Pacifico. Mams ne pleurait plus, Paps avait cessé de me scruter, mais selon leur version, la version « officielle », Marcio était toujours « porté disparu ».

Agenouillée devant moi dans ma chambre, Mams venait de bourrer une vieille valise de vêtements de fille, et me l'avait fourrée entre les mains, avant de m'embrasser en me disant qu'il ne fallait pas que je mette la honte sur nous, qu'il fallait que je sois bien gentille, que je travaille très dur. Elle m'avait fait jurer, puis fait cracher par terre, la carne.

— Tu ne mettras pas la honte sur nous. Jure !

Puis elle avait tourné les talons et disparu dans

la cage d'escalier. Moi, j'étais restée plantée comme une débile avec la valise dans les bras, jusqu'à ce que Zio se pointe et me demande de le suivre en me tendant sa main calleuse pareille à celle de Paps.

— Léonora, tu seras mieux à Castel Posino qu'ici. Viens, viens ma petite. Tu seras mieux avec moi.

Brave Zio.

Il souriait en disant ça.

Que je serais mieux chez lui qu'ici.

Dehors, on s'est mis à entendre des hurlements dont on ne pouvait pas dire d'où ils venaient. Mams s'était volatilisée. J'étais seule avec Zio et Pacifico au milieu de la cour, le soleil défonçait nos crânes et Zio n'arrêtait pas de s'hydrater en se gorgeant d'eau-de-vie.

— T'en veux ? qu'il disait en me tendant le goulot de la bouteille.

Et moi :

— Non, Zio.

Et lui :

— T'en veux pas, t'es sûre ?

Et moi :

— Non, Zio, j'en veux pas de ton eau-de-vie.

Au loin, les cris se poursuivaient. On ne pouvait toujours pas dire d'où ils venaient, mais ils étaient tellement affreux que je me souviens avoir pensé au pire…

Guidée par mon instinct, j'ai amorcé un mouvement en direction des baraquements où on entreposait les vieux outils et le bordel qui était nôtre, pour autant qu'on puisse même parler de bordel pour évoquer ces crasses informes, ces bâches, ces déchets, ces immondices et l'éternelle vapeur de combustion de notre tas de fumier.

— Reste là, a dit Zio en me retenant par la main. Faut qu'on parte. C'est loin, là où j'habite.

Il a appelé Pacifico et m'a invitée à le chevaucher.

Mais sur ces entrefaites, je m'étais mise à courir en direction des baraquements, où je pensais trouver Marcio sanglé, lié, battu par Paps-la-rage afin qu'il ne bouge plus et me laisse partir sans faire de vagues, en accord avec leur adage préféré : « Surtout, jumeaux, pas de remous autour de notre barque ! »

Sauf que ce ne fut pas Marcio que je trouvai dans le baraquement ce jour-là, mais Paps ; Paps qui ne m'avait pas entendue entrer et qui levait un bâton à la verticale, puis qui, comme un fouet, le rabattait sur le haut de sa cuisse plusieurs fois d'affilée, la respiration sèche, celle d'une bête, avec, tout le temps que le bâton s'abattait sur sa cuisse (il avait retiré son pantalon, je me souviens de la blancheur de ses jambes), des cris terribles qu'il poussait. Après un petit moment, sa cuisse est devenue toute bleue, il a posé le bâton sur le sol et, une minute durant laquelle il n'y a plus eu le moindre cri, il a fixé sa cuisse où l'hématome formait d'étranges figures n'arrêtant pas de se déplacer, de se métamorphoser, de changer de couleur. Et je me souviens que, si je n'ai pas rêvé ce que j'ai vu, que c'était comme s'il fixait la lune ou quelque chose comme ça, de très lointain. Il avait des larmes dans les yeux, aussi.

Quelques instants, il a massé son hématome puis il a commencé à le presser, une pression de tous ses doigts, très fort, vraiment, et il a repris le bâton, il l'a brandi à la verticale et l'a rabattu comme une schlague, non plus sur la cuisse maintenant, mais le tibia, dix fois ou vingt fois de suite, en poussant encore d'autres cris. Parfois, il s'arrêtait pour dire qu'il était une bête en cage ou que cette vie allait le faire crever. Puis il s'est effondré en poussant un long gémissement, s'est relevé une dernière fois et, une dernière fois, a cogné de toutes ses forces sur ses genoux, l'avant, l'arrière, à gauche et à droite, avec cet affreux bout de bois qui d'ordinaire lui servait à mener les bêtes.

— Paps, j'ai dit. Arrête !

En entendant ma voix, il s'est tourné vers moi puis a baissé les yeux, me voyant dans l'ouverture avec Calixte et Zio qui est entré à son tour.

— Attends-moi là, a dit Zio en me montrant la cour. Et il s'est dirigé vers Paps, qui était de deux ans son aîné.

Quand il est ressorti, il a dit que mon père était épuisé et qu'il fallait le comprendre, puis il m'a installée sur le bât, le licol entre les mains, les cuisses serrées, a attaché la valise derrière moi et s'est mis à me parler de son village, de ses monts, de ses champs, et de ses fontaines en pépérin où on pourrait se baigner, l'été venu.

— Ce sera bien, Léo, tu verras. Castel Posino est un bel endroit.

Brave Zio. Je l'écoutais attentivement, mais revoyais constamment Paps et son bâton – je ne pouvais plus les séparer – et repensais à toutes ces choses qu'il nous disait depuis des mois : à savoir qu'il était en prison, qu'on lui avait jeté un sort et qu'il était muré dans une cellule, une vie qui n'était pas une vie.

Les bêtes enfermées se mutilent, qu'il disait. Mais moi, hein, qu'est-ce que je peux faire ?

Pauvre Paps.

Pauvre vie.

Pays de chiens.

Le long des routes, les gens faisaient le *V* de la victoire, chantaient des chants à la gloire de Bokwangu et arrosaient le ciel à coups de fusil de chasse (tuer le sanglier, tuer le cerf, tuer et oublier par là tout le reste, oublier nos amours, nos errements et nos vies toujours sur le point de se rompre). Ils dansaient sur les places des villages, dans les fontaines, parlant de la belle vie, du calme revenu. De l'espoir grandissant. Seuls les vieux se méfiaient, qui disaient que tous les politiciens se valaient et que Bokwangu, William Bénoni Bokwangu, non seulement était comme les autres, mais ne méritait pas qu'on gaspille le moindre millilitre de salive en évoquant son cas.

— On veut des faits, marmonnaient-ils. Sinon, ce sera comme avec Karajodzu (responsable d'un régime de terreur ayant éreinté le peuple pendant quinze ans) ou, pire, avec Léonescu (qui avait précédé Desotgiu et envoyé un tiers de la population dans des camps). Ce sera comme à chaque fois, qu'ils répétaient, en disant que ce qu'ils voulaient, eux, c'était des faits, pas du blabla.

Pauvres vioques. Si seulement on les écoutait un peu.

5

Son départ

Ma sœur partie, ce fut comme si la mort « naissait » en moi. Chaque jour, m'emparant du bâton de Paps, je me mis à m'infliger ce qu'il s'infligeait lui, me bastonnant, me tabassant (je me souviens de l'énorme hématome qui colonisa mon pied droit durant trois semaines, lequel passa par toutes les couleurs, et que je dus cacher sous des bas de contention pour le dissimuler à Mams, qui n'aurait rien compris à mon manège).

Étrangement – c'est comme ça que je vois les choses là où je suis – ces séances d'autotabassage me faisaient du « bien », car c'était comme un cadre physique autour d'un mal qui, sans ça, n'avait ni fond ni forme et me vampirisait. Allez comprendre ça, pour ne pas perdre la tête, il me fallait des coups, il me fallait des claques, il fallait que je crève de douleur. Impossible de le dire autrement.

Dans la foulée, je me mis donc à me casser du verre sur la tête, à m'entailler les veines, à tenter de me jeter par la fenêtre et de me noyer dans le marigot, car je ne comprenais pas que je vive encore en l'absence de Léo.

Ça n'avait pas de sens. Aujourd'hui, ces coups me feraient instantanément tomber dans les vapes, mais à l'époque, les premières semaines après son départ, c'est comme ça que je tenais, parce que j'étais une bête matée à ces moments-là.

Et puis, les mois passant, l'idée de la retrouver se mit à germer. On ne peut pas fuir l'inévitable. J'y pensais toutes les nuits, seul dans ma chambre installée dans le grenier. Je m'allongeais sur mon lit (je dormais en réalité sur un simple sac de bure bourré de feuilles de Vitex agnus-castus, aussi appelé arbre au poivre) et je calculais la distance qui me séparait d'elle. J'imaginais les paysages, l'atroce désert des Marodu, où personne ne s'aventurait, les plaines salines de la Tastamalina, les cols qu'il faudrait que je passe, les vents mauvais, les animaux sauvages. Il devait y en avoir pour dix bons jours de marche, et encore, si je ne m'arrêtais pas.

Bientôt, je me mis à marcher le long des fleuves en me précisant mon itinéraire. Je rêvais d'elle, je rêvais de la retrouver et je songeais à ces papillons que ça me mettrait dans le ventre si je la revoyais. Oh comme ce serait bon ! Puis je fixais le Bordughu et, parfois, l'envie de m'y noyer me reprenait, c'était comme une musique dans ma tête, un chant qui disait « meurs, Marcio, meurs ! » et qu'amplifiait encore la présence de Paps et de Mams, pour qui je ne cessais de travailler à présent que j'étais seul avec eux. Corvéable à merci.

Quand vint Noël – qu'on ne fêtait pas à la Habdourga, Paps disant qu'on n'avait pas assez de fric pour ça et Mams se sentant toujours trop lasse et *fatiguée – je me décidai enfin à passer à l'acte. Allongé dans le grenier, j'attendis les ronflements de Paps, dans sa chambre au second, mort saoul, comme d'habitude*, puis, avec le cœur me bondissant dans la poitrine quand ceux-ci se produisirent (des ronflements terribles, des bruits de scie circulaire entaillant les planchers), je pris la tangente, m'enfonçai dans le maquis de lentisque et courus vers l'Irrighudu. Prudent, je m'arrêtais au moindre bruit, puis me remettais en marche aussi longtemps que possible.*

J'allais vite.

Très vite.

Bon Dieu ce que j'allais vite !

— Tombe pas, d'ac ? je me répétais. Sinon t'es cuit.

Une branche qui cédait, une ombre, un pauvre bond de grenouille arboricole, tout, je me méfiais de tout. Mais ce que je craignais le plus, c'était les chiens de berger, leurs queues entortillées et leurs saloperies d'aboiements : j'avais peur qu'ils alertent leurs maîtres et que ceux-ci coupent à travers champs avec leurs lampes à huile, qu'ils enjambent les ravins et brandissent leurs fusils en me tombant dessus, dans quelque sente étroite et sans issue.

L'autre angoisse, naturellement, c'était Paps. C'était les phares de son pick-up et ce que je ramasserais comme coups s'il me tombait dessus, avec

* *La nuit, à ce temps-là, était synonyme de douleurs pour les types comme Paps, qui trimaient et trimaient et n'avaient que l'alcool pour encaisser les coups, ne pas entendre le bruit des rats, ne pas être réveillés par toutes sortes de lancements ou les démangeaisons de ces satanées punaises de lit.*

Calixte, et Mams, à ses côtés, qui pleurerait et pleurerait en se contentant d'assister au carnage, comme elle l'avait déjà fait tant de fois – pleurer devant le spectacle de son fils battu comme plâtre !

Peut-être que je n'aurais jamais dû redouter tout ça ?

Je veux dire, peut-être que ce qu'on doit faire doit être fait en ignorant les conséquences ? Sans trembler ? Sans ciller ? Et que tout se serait passé correctement si j'avais juste tracé ma route ?

Je ne sais pas.

Mais quand les phares du pick-up de Paps sont bel et bien tombés sur moi cette nuit de Noël, j'ai su que mon inquiétude m'avait trahi, que la messe était dite. Comme prévu, Mams resta silencieuse. Elle ne moufta ni ne leva le petit doigt tandis que Paps, sec comme une trique, m'extirpait de ces fourrés où je m'étais planqué et me donnait une sacrée dérouillée, dont je ne garde cela dit qu'un vague souvenir (comme si l'excès de coups avait le pouvoir d'annihiler le mal, ou quelque chose comme ça).

De retour chez nous (mais je ne pouvais plus dire chez nous, ce n'était plus possible), pas un mot ne fut prononcé. Rien. Uniquement le silence et la violence qui colle à lui. Et leurs yeux qui me fixent, incapables de lumière, de bonté. Leurs yeux stupides.

Ça dura comme ça quelque temps, puis Paps siffla un verre de myrte et entreprit de me lier au poêle crapaud, dans la cuisine. Ensuite il referma la porte, voilà, il la referma et je les entendis monter se coucher comme un jour parfaitement normal.

Les jours suivants, je restai là, lié au poêle. Mams

rappliquait le soir avec un bock de flotte et un quignon de pain sec, mais je me « plaisais » à les refuser. Ça la mettait en rogne. Elle hurlait, la carne.

— Oublie ta sœur, Marcio ! On a besoin de ton aide !

À Pâques, je repris la route une deuxième fois (je savais que c'était une folie, mais que pouvais-je faire d'autre ?), et une seconde fois je fus rattrapé, alors que j'atteignais le Rino Morder, point stratégique d'où les pistes s'ouvrent sur le centre du pays, notamment Castel Posino et les grandes villes du Nord. Cette fois, ils me maintinrent en laisse dans le petit baraquement de tôles, parce que je criais comme un goret (dixit Paps), que j'avais mordu Mams au bras et que je riais quand ils cognaient. (Je leur en faisais voir de toutes les couleurs, c'est vrai, mais à l'époque je n'y pensais même pas car c'est toujours après qu'on se souvient, après qu'on fait les stèles et les statues et qu'on pardonne aux êtres comme eux, qui détruisent nos vies mais nous sont si chers malgré tout.)

— Un enragé ! hurlait Mams. Voilà ce que j'ai mis au monde ! Un putain d'enragé !

Elle se tournait vers Paps et maudissait le ciel :

— Où qu'il est le service après vente ? J'en veux pas, d'un fils pareil ! Où qu'il est le service après vente, Nino ? Tu peux me le dire ?

La Saint-Élie passa. Je me mis à me réalimenter, mais je savais que ma vengeance viendrait. Le jour, je me répétais des litanies que j'inventais pour me donner des forces. « Ne prie pas. Ne demande l'aide de personne. Tu es toi-même la maladie et toi-même le remède. Il y a un temps pour tout, Marcio. » « Frôle le gouffre si ça te fait du bien. Jettes-y un pied, mais un pied seulement. Accroche-toi aux mûriers sauvages. Souviens-toi des lumières. Entends cet oiseau qui chante. Ne renonce pas. »

La nuit, je me levais et marchais sur la pointe des pieds, comme le somnambule que j'étais, quand ils me retrouvaient dans les étables en train de chialer à cause du temps qui ne passait pas pareil pour tous, qui séparait, qui reprenait par exemple le père de Zbabou mais laissait vivre le nôtre ; ou qui, à la place de protéger nos vies en les plaçant sous une même bulle, les saccageait, les morcelait, ce que je trouvais abominable. Bref, j'allais jusqu'à la chambre de Léo, je me jetais sur son lit, m'enfonçais sous ses draps, fermais les yeux et tout, quelques instants, redevenait simple. Beau et simple. Comme au début. Le lit, comme à son habitude chez Mams, avait été refait avec cette triple épaisseur de couvertures vous coupant le souffle à tout jamais, mais j'étais bien. Je respirais les jupes de Léo, ses petites culottes, et m'endormais comme ça, elle sur le nez. C'était bon. Avant de m'en aller, je posais les lèvres sur son oreiller et je murmurais :

— Embrasse-moi.

Je léchais la taie.

— S'il te plaît, ma sœur…

Puis je regagnais le grenier comme une sauterelle, vite, pour ne pas me faire pincer. Ma joie était sans bornes dans ces moments. Dieu ce qu'il était bon de les berner !

Peu à peu, hélas, je commençai à prendre mes aises. Je veux dire que j'y allais n'importe quand, dans la chambre de Léo, en plein jour, en soirée.

N'importe quand. L'amour me pétait à la tronche et, comme toujours dans ces moments-là, je ne pensais plus à rien et toutes les mauvaises choses auxquelles je pouvais m'attendre n'existaient plus. Jusqu'à ce jour où, en arrivant, je constatai que la porte était fermée. Elle avait été verrouillée et la clé avait disparu. Je voulus insister un peu, me retournai pour prendre mon élan (l'idée m'était venue de défoncer la porte) mais remarquai que Paps était là, statique, à l'entrée du couloir. Il tenait le livraxiu de la main droite, celle des grands soirs et, à ce seul détail, je sus que tout était cuit : je ne pourrais plus sentir Léo, je ne pourrais plus la respirer, je ne pourrais plus passer ses bas et sa chemise de nuit. Avec son livraxiu, Paps massacrait cette idée sous mes yeux, et me massacrait moi.

Les jours suivants, je mis les bouchées doubles.

— C'est bien, disait Paps en couchant les blés.

— Normal, disait Mams.

Mais tout était devenu différent. À présent, je ne voyais plus ce qui m'entourait, je voulais me saouler dès le réveil et parlais seul pour tenir le coup. Quand elle s'en rendait compte, Mams déboulait avec sa tête d'épouvantail et me disait que je la rendais chèvre à parler comme ça.

— Pourquoi que tu parles tout seul encore, hein ? On dirait le Popirinou ! Travaille, Marcio ! Travaille !*

* *Nom d'un de nos camarades de classe qui souffrait d'une maladie mentale. Le Popirinou ne parlait pas, jamais, mais doublait tous ses gestes d'un étrange discours, comme s'il avait en lui des personnages à qui il se livrait, se confiait, ou qu'il enguirlandait en se mettant dans des états de rage qui faisaient peur à tout le monde. Mams haïssait le Popirinou. Pour*

Ce disant, elle m'attachait avec la laisse et me forçait à manger ma soupe de lait additionnée de sel, m'assurant qu'elle voulait mon bien.

— T'entends ce qu'elle dit, ta mère ? C'est pas pour te faire mal qu'on fait ça. Faut juste que tu l'oublies, c'est tout !

Sur quoi je recrachais le lait et je fermais les yeux pour la revoir, revoir Léo. La retrouver.

— Tiens, je lui disais en traçant une petite moustache sur le haut de ses lèvres.

Et elle, ma sœur, bien plus grasse que dans la vraie vie :

— Et si on jouait, hein ? Quelques heures, juste un peu. Pour voir ce que ça donnerait : moi en mec, toi en fille. T'en dis quoi ?

Elle mettait ses yeux dans les miens.

— Embrasse-moi, vas-y ! Fais la fille qui embrasse !

Ça me rendait fou.

Elle se collait à moi et, en même temps que je le faisais, que je l'embrassais, je lui avouais que je ne pouvais pas m'empêcher de penser à ce que ce serait, ce que ça ferait, si c'était vraiment elle le mec et moi la fille ; moi qui venais la toucher par-dessous les draps, comme ça, et elle qui me caressait à mesure que je m'ouvrirais, doucement aussi, comme ça. Je lui disais que ça me rendait dingue et que je rêvais de me promener dans les rues de Santa Lucia avec de hauts talons qui claquent, des jupes courtes fendues et, des-

---

elle, c'était un monstre. Et rien n'effrayait plus Mams que les créatures et les gens pas « normaux ».

sous, des fesses en boulets de canon qui allumeraient le regard des hommes.

— J'aurais des ongles longs, je lui disais. De faux ongles blancs aux bords bien nets. Ça fera tomber les hommes, tu sais. Ils plongeront dans mes bras !

Puis je riais comme un couillon et recevais alors une claque de Paps qui me tombait dessus et me demandait ce que je fichais là, avec ma houe plantée dans le ciel et le travail pas fait comme il faut.

— Tu rêves !

Il saisissait sa fourche.

— Tu rêves encore !

Il me cognait.

— J'vais te tuer, moi ! J'te tue !

De retour à la ferme, Mams mettait des compresses sur mes plaies et elle avait l'air triste, à ce qu'il me semblait, de voir ce qu'on était devenus depuis que Léo était partie. Je me souviens. C'était dur à voir, et en même temps très beau, parce que c'était comme la retrouver enfant, avec des yeux de biche blessée et pas des cris à la place des mots. J'aurais bien voulu que ça dure.

Voilà, Léo. Ainsi allait ma vie en ton absence. Et tout ce qu'ils appelaient terre fut temps. Fut attente de toi.

6

La vie chez Zio

Chaque matin, alors que Maddelenina (la compagne de Zio, qui se trouvait également être sa cousine) traversait la cour en tablier avec deux énormes seaux qu'elle remplissait à la fontaine, Zio et moi, on enfonçait dans l'aube le bruit blessé de nos respirations, et on marchait dans la campagne avec nos bêtes et nos outils, la fumée blanche et bleue de sa pipe en écume de mer à nos trousses. L'odeur du petit jour grisait, mes doigts léchaient les fleurs à hauteur des premiers vallons et, quand une fine pluie soudain venait, on se mettait à tirer la langue pour savourer à plein : ces gouttes, ces petites gouttes, elles rappelaient à Zio la sueur dans les cheveux de Maddelenina, quand ils étaient plus jeunes et que la misère ne les avait pas encore saisis à ce point. Des cheveux noirs, longs, dont il disait qu'il les couvrait de baisers, les affolait puis les mêlait à sa salive en les frottant contre sa peau, chaque nuit, à ce temps-là.

Au loin, je voyais briller les neiges coiffant la

table de Boddevrustana et les hauteurs du Mont Mirdu. Et je dois dire que pour moi, c'était juste ce qu'il fallait : on était comme des figurines perdues au milieu des roches. Le jour et la nuit ne faisaient qu'un, le soleil se levait doucement et moi, au milieu de tout ça, de ces montagnes et de ces pierres, de ces cols en lacets, je pensais à la danse de deux corps amoureux, l'un fait d'ombre et l'autre de lumière.

Des chemins butés, de minuscules chapelles où priaient de vieux bergers aux yeux étrangement clairs, des prairies tout en courbes, des fermes peintes en rouge, des arbres nains aux branches tordues et le vent froid, soufflant du nord, qui m'obligeait à fermer la bouche pour épargner mes dents, pendant que Zio disait que tout ce qui grandissait trop, ici, le vent lui arrachait la tête. Voilà où on marchait. On était bien.

Dans la vallée, on pouvait voir flotter les drapeaux à l'effigie de Bokwangu, et les gens qui criaient victoire. Enfin, la vie allait être simple, elle allait commencer. Vive Bokwangu ! qu'ils criaient, s'imaginant que tout passe, que les petites misères sont là pour éviter les grandes ; alors que rien ne change tout à fait et que tout se répète seulement dans des formes et des tons différents, à ce qu'il me semblait.

C'est ce que je pense en tout cas aujourd'hui.

Quoi qu'il en soit, escalader ces pentes me faisait crever (les parcelles de Zio se trouvant à mille mètres d'altitude) mais dans la mesure où il serrait ma main et m'installait sur Pacifico, où il serrait ma main et me guidait, je n'avais pas à me plaindre.

— Léo, c'est quoi que tu ferais de ta vie si t'avais le choix ?

Il disait ça en me regardant du coin de l'œil, mais pas du tout comme Paps qui me fichait la trouille. Il disait ça doucement, Zio, sous les nuages toujours changeants (oreilles de chiens, ailes de rapaces, mère truie veillant ses petits), et moi je répondais :

— Je travaillerais avec Marcio dans des usines, des salles de cinéma et des pianos-bars. Je dirais aux patrons qu'on a l'habitude du travail, et Marcio, lui, qu'on est endurants comme des bêtes.

Zio riait, dégoupillait une bouteille d'eau-de-vie. Je continuais :

— À Luzinatu, on travaillerait dans une usine à pneus. On cultiverait des champs de tomates, des hectares de pamplemoussiers, on cueillerait du raisin. À Vechiatu, où on irait parfois au cinéma, on repeindrait les plafonds d'un hypermarché et débroussaillerait des terrains pleins de ronces. À Sassaru, on monterait notre propre affaire, une pizzeria ou un café-concert. Les gens aux vies brisées viendraient s'y reposer, y écouter des chants et se rincer les tripes dans des torrents d'eau-de-vie. On pisserait n'importe où, sur les tables et les chaises, sur le sol impeccable d'une terrasse constamment remplie de roses.

— Notre vie s'appellerait joie, Zio, et je répéterais non-stop qu'une ville où les gens pissent par terre, eh bien, c'est signe de bonne santé !

Zio se marrait, sa casquette à visière de cuir vissée au crâne, son bissac à l'épaule, puis il disait que j'étais folle mais qu'il en voulait bien, lui, d'une folie comme la mienne.

— Dieu ce que j'aime être avec toi, Léo ! il disait. Dieu ce que tu me fais rire !

Puis, à mesure que des fougères nous mordillaient les chevilles, que des ronces et des orties cinglaient nos pauvres mollets, je lui parlais de Marcio et de ce monstre chaud qui nous dévorait le ventre.

— Dès le premier instant avec lui. Tu vois, Zio ? Tu sens ? C'est ici que ça me fait mal. Ici. Depuis toujours.

Sur quoi Zio fermait les yeux et disait qu'il connaissait bien ça, lui aussi : l'amour, les monstres chauds et toutes ces choses terribles qui nous font vivre et nous tuent dans le même temps. Nous tuent et nous font vivre.

— Tu sais, ajoutait-il, on ne dit pas assez que les ombres peuvent être terrassées. Faut tenir, ma fille. Un jour, tu auras la vie que tu mérites. J'en suis certain.

À huit heures, on atteignait ses champs posés sur le toit du monde et le travail commençait : tailler les ceps, faire des ballots, biner, bêcher, remonter les murettes, abattre des arbres et extirper le chiendent, ramener du bois, faire paître les bêtes et le soleil, là-dessus, qui défonce et défonce nos crânes pendant que je reste là, figée, à me souvenir de Mams du temps où je l'aidais.

Je la revoyais me fusiller du regard et me jeter au visage des draps de lit à plier.

— Pas comme ça, idiote ! Plus fort ! Tire plus fort, sombre idiote ! Tu comprends rien ! Tire, bon sang ! Tire ! Faut que ce soit lisse !

Je la revoyais poigner dans les coins du drap avec cette rage qui était la sienne, basculer son tronc en arrière et tirer comme une brute à la manière de Paps montant à cheval. Je revoyais ses seins ballotter en tous sens plus elle tirait et, transie de peur, me mettre moi aussi à reculer et tirer avec les bras qui tremblent et le corps abasourdi. Comme cette fois où, un petit rire mauvais dans la tête, j'avais lâché le drap et envoyé Mams dans le décor. Bam ! En plein dans le poêle crapaud de Paps.

— Tu vas me le payer ! s'était-elle mise à braire. Je te promets que tu vas me le payer !

Et de fait, elle m'avait attrapée dans un coin, elle avait abaissé ma culotte et elle m'avait battue avec le livraxiu, avant de revenir vers moi en me demandant pardon. Juste ça. Puis elle avait posé un baiser sur mon front et, le temps d'un éclair, je sais que je m'étais sentie heureuse et aimée comme jamais.

Ce qui était appréciable aussi chez Zio, c'était qu'il n'y avait pas de cris, pas de portes défoncées à coups de poing (spécialité de Paps) ou d'assiettes qui s'envolent (spécialité de Mams), le soir quand on rentrait. Tout était calme et seulement calme.

— La petite a bien travaillé, tu sais, il disait à Maddelenina qui repassait sur la terrasse (odeur de l'amidon, odeur d'empois dans la nuit noire, souvenirs des rires des gosses jouant sur la place du village, et du bruit des crapauds dans l'étang).

— Elle progresse bien. Tu verrais ses ballots, Madde ! Et regarde-moi ça ses muscles, comme ils gonflent de jour en jour ! Une vraie bête de travail !

Aujourd'hui, je pense que c'est parce qu'ils n'avaient pas pu avoir d'enfants qu'ils me parlaient comme ça, comme à leur fille chérie. Comme si le fait que je n'étais pas à eux les soulageait d'un poids et faisait qu'ils n'étaient ni tendus ni dépassés par les événements, contrairement aux parents que je connais et qui ne sont jamais que des êtres lourds, toujours préoccupés par le bonheur de leurs enfants, et en même temps toujours en train de chercher à s'en débarrasser (de leurs enfants, n'est-ce pas, pas de leur bonheur).

Soit.

Je n'étais pas malheureuse là-bas. Je sentais que j'étais leur Léonora et qu'ils m'aimaient, à leur manière. Oui, pour la toute première fois, je me sentais aimée, pourtant je voyais qu'ils étaient tristes de nous voir tous les trois, avec nos regards fêlés et nos têtes cabossées de gens volés par les Régimes. Être pauvres comme on l'était, c'était comme aller nus sous le regard de Dieu, disait Zio. Et il n'y a rien de plus dur que ça, ajoutait-il.

Pour le reste, oui, je pensais à Marcio. Et tout

me semblait vertigineux : l'abîme de ma tristesse, le manque d'amour, mon avenir comme mon absence d'avenir, ma fatigue, sans parler des battements de mon cœur et du seul fait d'être vivante. Combien de pas me faudrait-il pour rentrer ? je murmurais. Dix mille ? Cent mille ? C'est quoi le chemin, déjà ? Quel ciel ? Quel miracle ? Quelle grâce ?

Des heures durant, je marchais au milieu du vide, car je ne pouvais tout de même pas dire chez moi, ni parler de ma ferme, en dépit de tout ce qui me plaisait à Posino.

Au fond, je vivais dans un monde où tout ce que j'avais pensé avant, ce que j'avais cru et ce que j'avais voulu devenir, s'était atomisé. Ma vie entière s'était atomisée.

Quand Zio m'entendait, il s'asseyait sur une caisse à vin et se mettait à me raconter de vieilles histoires avec des filles et des bergers très amoureux. Des trahisons. Des vendettas. Il me récitait des poèmes et chantait les chants des moissons, ceux de l'ensilage du grain, la chanson pour la récolte des fèves et les berceuses de son enfance. C'était bon d'entendre tout ça, ça me faisait du bien. Mais c'est durant ces nuits, pourtant, que je compris que certaines larmes ne vous quittent jamais. Serrant la main de Zio, je lui demandais s'il pouvait comprendre que tout ce qui m'arrivait ne venait que d'un battement, du tam-tam du cœur de Marcio collé contre le mien.

— Est-ce que tu peux comprendre ça, Zio ?

Je m'arrêtais et, tandis que Zio me consolait en me prenant dans ses bras, je repensais à Marcio et moi jetant des pierres dans le fleuve. Je recréais l'escarpolette où on jouait et on tombait, avec nos culottes courtes et parfois même cul nu. Je recréais le tronchet où Paps tuait les poules près de la trémie à blé. Je revoyais Mams, accoudée à l'appui de la fenêtre, qui arrosait les fleurs en hurlant sur nous. Je pensais à Marcio, à la lumière et à la nuit, et comprenais que ma vie ne serait plus jamais comme avant, que tout bascule en quelques secondes, que tout n'est que souffle. Passage. Qu'on peut tout perdre en un instant.

Au petit matin, quand le sommeil venait finalement, je faisais toujours ce rêve où je marchais pendant de longues journées, où je frappais à la porte de chez nous mais personne n'ouvrait. Je me collais à la fenêtre, et là je voyais Mams, les cheveux blancs noués en chignon, qui posait deux assiettes sur la table en parlant à Paps, qui restait invisible. Tu veux une bière, Nino ? Je te sers de la bière, mon amour ? Elle parlait gentiment, comme rarement elle parlait, et je ne sais pas pourquoi je comprenais alors que Paps n'était plus là : tué par le labeur et les coups de houe, et ceux de bâton. Viens manger, Nino. Ça va être froid si tu restes là. Elle lui demandait s'il avait pris ses médicaments. Elle restait là encore un peu, immobile, au centre de la cuisine, puis elle montait se coucher en lui donnant la main. Allonge-toi contre moi, Nino. Viens là. Je t'aime tellement.

C'est ça qui fut le plus dur dans les premières semaines : rêver de ce que je ne connaîtrais plus. Ne plus voir ce que j'avais toujours vu. Et ne plus entendre, nulle part, la jolie voix de Marcio.

7

Zbabou

Depuis que Bokwangu avait pris le pouvoir, on ne peut pas dire que la situation avait beaucoup changé. En gros, les choses nouvelles n'étaient pas encore apparues, les anciennes demeuraient et, à part le coup d'État qui avait fait tant de bruit, rien ne nous disait qu'on n'était plus sous Desotgiu. C'était les mêmes incertitudes. Les mêmes charges de travail. Et cette impression de rester ce qu'on avait toujours été : de la pâtée pour les cochons.

Comme au temps de la Habdourga, les gens de Posino continuaient de se regrouper en cachette pour échanger des vivres : oignons, radis, roquette, un kilo de tomates contre trois bouteilles de bière, trois d'eau-de-vie contre un drap de lit propre, un assortiment de culottes contre deux cents grammes de tabac pour pipe.

Chez nous, le marché noir était à Santa Lucia, mais Paps refusait systématiquement qu'on s'y rende, parce qu'on n'avait pas le temps pour ça et qu'on allait déguster toute notre vie si on se faisait choper – du coup, on ne produisait que pour le Régime et mangeait pire que des crevards. Pour vous dire, on mangeait des moineaux, une dizaine par personne, même la tête on la mangeait, on la suçait, on n'enlevait que le bec.

Au contraire, chez Zio, il fut convenu que ce serait moi qui me rendrais au marché, en haut de la rue Karajodzu, où je changerais nos légumes en produit de vaisselle, en pâtes, en chocolat, en papier-cul, sans oublier l'eau-de-vie dont les hommes du pays, toujours trop à l'étroit dans leur vie domestique, ne pouvaient se passer, Zio le premier.

— Si tu vois un borgne, me prévenait-il, méfie-toi. Pareil pour un cul-de-jatte. Les gens sales, fuis-les. Ils sont suspects. Allez, va maintenant, ma fille.

Pauvre Zio. Il avait de ces lubies, il avait de ces peurs bleues. Comme s'il n'oubliait pas ces temps pas si lointains où Desotgiu planquait ses hommes sur les marchés, qu'il déguisait en paysans, dont il couvrait les joues de terre et de benjoin, à qui il arrachait des dents, qu'il mutilait, avant de leur donner l'ordre de tuer les revendeurs sauvages à la machette. Tchak. En guise d'exemple.

Moi, j'essayais de le rassurer. C'était le passé, tout ça. Et puis je dois bien avouer que j'aimais bien ces jours de marché. Je discutais avec les vieux, qui riaient de mes sacs remplis à fond, de mes longues jambes et de mes épaules encore bien frêles malgré tout le boulot abattu. Comment que tu vas aujourd'hui ? ils me demandaient entre deux palabres. Et le Pepinodu, comment qu'il va ? Encore aux champs ?

Comme eux, je gagnais la rue Karajodzu, disposais nos légumes sous une couverture de jute et me mettais à fumer en flattant le chaland.

— Dites donc, Madame Podere, vous rayonnez ! Et vous, mon cher Lucio, quelle bonne mine vous avez ! Dites-moi, y a-t-il une chose spéciale que je puisse faire pour vous ?

Quand je rentrais, Zio m'attendait sur le pas de la porte. Quelquefois il fonçait sur moi.

— Bravo !

Des étoiles plein les yeux, il disait que, de toute sa vie, il n'avait jamais vu quelqu'un de si doué que moi pour le négoce, une vraie poule aux œufs d'or, mais que je n'étais pas obligée de me tuer comme ça. Tant qu'on pouvait manger, ce n'était pas nécessaire.

Brave Zio. Si seulement, si seulement il savait comme j'étais honteuse, moi qui avais pris pour habitude de disparaître bien avant la fin du marché, et de retrouver les novices dans le jardin du Castel des pères.

Eux, les novices, c'était des types que les parents avaient placés là, en pension, pour qu'ils mangent à leur faim, d'une part, et qu'ils apprennent des choses utiles, de l'autre. Moi, sous les mirabelliers, je les écoutais me parler de leurs vies de petites frappes et de délinquants. Comment ils mataient des revues salaces à longueur de nuit. Comment ils crevaient. Comment ils bossaient pour des pères et des mères impossibles et comment, pour se faire du blé, ils pillaient les fermes pendant les enterrements (les familles se recueillaient au cimetière et eux, les traîtres, ils défonçaient les portes cochères, dérobaient les objets de valeur, soulevaient les matelas et emportaient l'argent, voilà, c'était aussi simple que ça).

Puis ils me regardaient intensément, des regards aigus, brûlants, qui disaient qu'ils voulaient ma peau, ma peau bronzée de la Habdourga, mais plus encore mon corps et mon amour et que je leur tombe tout cuit dans les bras.

— Suis-nous près de la chapelle, Léo. Tu verras le paradis ! Allez, on te montrera des choses !

Bien sûr, ces mots me gênaient beaucoup et je ne savais vraiment pas où me cacher. Je pensais à Zio, je pensais à Paps et à Mams, je pensais à Marcio qui me manquait tellement. Mais à la fin, guidée par une force mystérieuse (je crois qu'on est parfois guidés par des forces mystérieuses qui nous poussent à commettre le mal, pour retrouver le sourire et se recomposer, plus tard, dans la lumière), je les suivais quand même et leur faisais des choses derrière l'église. Toutes sortes de choses. De saloperies. D'atrocités.

Encore maintenant, je me souviens des saletés qu'ils disaient pour se donner de l'allant, des petites claques qu'ils mettaient sur mon cul en pensant que ça me plaisait, et de leurs yeux se fermant sur des images de paradis.

En revanche, je ne me souviens pas de leurs

visages. Je ne me souviens pas de leurs noms. Comme s'ils n'étaient que des fantômes que je tentais de rendre à la vie. De simples âmes en peine. Du moins jusqu'à ce jour, peu avant les moissons, où je vis sortir mon vieil ami Zbabou (bon sang ! mais qu'est-ce qu'il fichait là ?) de la porte arrière de la cuisine des Pères. Il marchait vers moi, plus dodu que jamais, avec son air penaud et un petit bout de réglisse coincé entre les chicots.

— Ben, Zbabou ! Qu'est-ce tu fais là ?

Et lui :

— C'est ma mère. Elle veut plus que je travaille à la ferme. C'est la faute aux Régimes.

Il s'assit à côté de moi.

— Elle dit que c'est mieux que je sois ici, avec les Pères. Que je leur fasse à manger.

Il retira le bout de réglisse de sa bouche et me le tendit.

— J'en veux pas de ta réglisse, Zbabou.

Il se colla à moi.

— Léo, les choses que tu leur fais, aux autres, tu veux bien me les faire à moi aussi ? Ils m'ont parlé des choses que tu leur fais, tu sais. Tu veux bien ?

Brusquement, il enfonça le bâton de réglisse dans ma bouche et se mit à me toucher les seins, m'embrassant et me léchant partout. On aurait dit un fou. Ses mains tremblaient et il ne pouvait même plus respirer.

— Tes seins, Léo. Ils sont comme ceux de ta

mère. Du babeurre. Je peux les toucher ? Tes seins, dis, je peux les manger ?

Dans la vieille rue Karajodzu, je voyais les frères Podere négocier leur vin, Lucio Lazinar vanter les mérites de ses dindes et de son fromage vivant (comprenez « rempli de vers »), je voyais le linge pendu aux fenêtres et les mères éreintées, ne sachant plus quoi faire de leurs cheptels d'enfants.

Zbabou me fixait. Suppliant. Avec au coin des yeux de grosses larmes naissantes. Si elles coulaient, je savais qu'il serait pris d'irrépressibles sanglots et qu'il me parlerait de son père, du bruit de son crâne frappant la terre, puis me demanderait si je savais comment il était parti et que, comme à chaque fois, je ne pourrais dire que ça : « Non, Zbabou, dis-moi un peu. C'est comment qu'il est mort, ton père ? »

Alors, très égoïstement, je pris sa main et l'emmenai au fond du jardin. Sous le petit amandier depuis lequel on voyait la découpe du Castel.

Je fermai les yeux et touchai sa soutane.

Tirai dessus. Me mis à la palper.

— Ne me dis pas que tu veux faire prêtre, je dis en m'arrêtant.

Et lui, des sanglots dans la voix :

— J'sais pas.

Il pleurait, l'idiot, et moi ma main le palpait, mais moins le tissu de sa soutane que la peau bosselée de sa bedaine.

— Viens là, je dis. Viens contre moi.

Je le plaquai contre le tronc, m'agenouillai,

soulevai sa soutane, ôtai son slip et saisis sa queue à pleine main.

Il frissonna.

— C'est bon ce que tu me fais là, Léo.

Il était dans ma bouche, maintenant.

— Mais on devrait pas, hein ? qu'il répétait pendant que je le mangeais en pensant à la fois où j'avais vu Mams faire ça avec Paps, quand sa poitrine basculait vers lui en suivant le mouvement des eaux du Bordughu, sur les rives duquel ils étaient, elle brûlante comme jamais, ses seins lourds toujours luisants répandus en averse, et lui, Paps, poussant des cris qui, sur le coup, me firent froid dans le dos, et auxquels je repensai de nombreuses fois par la suite.

Je me dégageai et fixai Zbabou.

— Dis, tu crois qu'ils nous recherchent ? Ta mère et mes parents, je veux dire. Tu penses qu'ils pensent à nous ?

Et lui :

— Tous les parents attendent qu'on parte, Léo. C'est pas qu'ils nous aiment pas, mais ils veulent des choses impossibles : nous garder et nous abandonner. Ça les détruit. Ils en perdent la tête, se font des trous dans l'estomac ou meurent d'un infarctus dans la cour de leur ferme.

Je recommençai à le manger, puis repris le chemin de la ferme.

Zio, en arrivant, m'attendait sur le pas de la porte.

— Où étais-tu ? Je ne veux plus que tu rentres si tard.

— Pardon, dis-je.

Juste ça.

Puis je montai me coucher sans rien ajouter d'autre. Je voulais être seule et crier ma peine. Dire à Paps et à Mams combien je les détestais, eux qui m'avaient jetée ici et n'avaient jamais voulu de moi.

— Pourquoi que vous n'êtes pas là, peaux de vache ? Pourquoi que vous n'avez jamais été là ?

Ivre de rage, je pris alors un morceau de papier et notai ces mots, d'une traite, parce que ma vie en dépendait. Ma pauvre vie en dépendait.

RÈGLES POUR SURVIVRE
À SA PROPRE FAMILLE
MESURES CONTRE LA PEINE

1. Pense à ton père comme à un étranger. Dis-toi qu'il sera le dernier à te venir en aide quand ton cœur sera près d'être percé.
2. Pense à ta mère comme à une morte. Recouvre-la de terre. La nuit, marche en tapant des pieds pour n'entendre pas ses plaintes monter vers toi.
3. Dis-toi que le lien du sang n'est rien. Quand tu seras blessée à mort, préfère la langue d'un chien à celle de tes parents. Préfères-en la beauté. Oublie les tiens.
4. Évite les moments de joie avec eux. Plus tard, ils reviendront nourrir ta nostalgie et te piétiner le cœur.
5. Quand tu seras affamée, ne reviens pas frap-

per à leur porte. S'ils t'ouvrent, tu seras nourrie de fiel et abreuvée de reproches.

6. *Apprends à taire leurs voix* en ton cœur. Car ce n'est jamais eux qui t'appellent, mais toi, pauvre malheureuse, qui en imites les voix. Par soif. Par peur. Par nostalgie.
7. *Plie tes vêtements seule* dès trois ans. Bois à ton propre sein. Sache chasser dès quatre ans. Mange seule ou ne mange pas.
8. *Pleure et prie*, petite. Puis piétine tes larmes.
9. *La colère ne règle rien.* Chaque seconde compte.

INTERLUDE II

Le temps de l'enfance

En tant qu'enfant, vous ne mesurez jamais à quel point votre vie peut être sinistre. C'est toujours après coup, plus tard, quand vous vous retournez sur votre passé pour en recomposer l'histoire, que tout ça vous éclate à la tronche.

Jusque-là, malgré toutes les horreurs que vous traversez, la violence est votre ligne d'horizon, comme la souffrance et le malheur et les coups de livraxiu que vous recevez en cascade ; et à aucun moment (ou presque) vous n'imaginez que votre vie puisse être différente. Vous manquez tout bonnement de point de comparaison pour pouvoir en juger autrement.

Moi, c'est à mon arrivée chez Zio, où pour la première fois je goûtai à une forme de tendresse en même temps que j'entrais dans l'adolescence, que je pris suffisamment de recul sur ma vie passée, pour éprouver une sorte de colère envers elle. D'un coup, je revivais la terreur des années Paps et le fol ennui des années Mams, à faire toutes ces conneries que faisaient les filles en ces temps-là.

— Tords le linge, Léo ! Essuie ! Ramasse ! Plus vite !

Je revivais l'angoisse et les cris délirants jaillissant de partout, jour après jour, ces cris qui nous disaient où se trouvaient nos bourreaux et permettaient, dès lors, qu'on les évite. Je revivais ces moments où, lorsque Paps était ivre mort, qu'il se mettait minable, on devait l'embrasser sur le front et le serrer dans nos bras. Ces moments où Mams cherchait à se faire pardonner en nous offrant sa soupe de lait avec un petit bâtonnet de chocolat. Sauf qu'on trouvait toujours le moyen de prendre la poudre d'escampette, toujours avec ces mots, d'ailleurs :

— Ça va, Mamsu, ne te soucie pas de nous. Tout va bien.

Mais une fois chez Zio, ce fut comme si je relisais l'histoire avec un regard juste. Et j'eus envie de hurler ma rage. Oui, pour la toute première fois, je découvris que la vie pouvait être belle, riche, étonnante, tendre et dure à la fois. Et que, jusque-là, j'avais passé mon temps comme sous une cloche de verre.

En post-scriptum à mes « mesures contre la peine », j'ajoutai donc ceci : « Toi aussi, tu seras heureuse. La vie vaut la peine d'être vécue. Ne renonce pas, Léo. »

8

Les Régimes

Ça peut paraître dingue, mais c'est vrai : en ce temps-là, ce temps passé, on voulait croire en Bokwangu et en sa politique, et lui aussi croyait en nous. *Inidurou su zbagodhu ; zbagodhu su inidurou :* le travail croit en l'avenir ; et l'avenir dans le travail. C'était son seul credo. Plus un travail était prenant, plus il avait de la valeur. Plus une activité générait de profit, plus elle était louable. De sorte que, pour lui, non seulement l'oisiveté était la mère de tous les vices, mais il n'y avait qu'une chose qui comptait : oser. Se retrousser les manches.

Pouvait-on encore vivre comme ça, sans espoir, comme des rats ?

Sa réponse était non.

Et tout le monde partageait son avis, car même s'il était vrai qu'il avait pris le pouvoir brutalement, c'était ça, en définitive, des gestes forts, dont on avait besoin pour entrer dans une nouvelle ère. Tout le monde s'accordait là-dessus.

— Mes enfants, il disait dans ses sempiternels

discours que diffusait sa chaîne de télé, si vous refusez le travail, vous refusez également l'avenir, et cela, vous devez le comprendre, n'est plus possible.

Il se collait à la caméra comme s'il cherchait ses lèvres, comme s'il cherchait à l'embrasser et qu'il en était bleu, oui, comme s'il avait vraiment très envie d'elle, ensuite il reprenait en lançant toutes sortes de choses concernant le fait que le monde avait besoin d'être rénové.

— Vous viviez sous le signe de la nuit : moi, je vous montrerai la lumière.

Il reprenait* :

— Vous voulez du pouvoir d'achat et un monde propre et pur ? C'est possible. Il suffit de se retrousser les manches.

Quand il avait fini, on retrouvait les programmes « normaux » : des filles ultra-bronzées qui se succédaient sur les plateaux, des stars cupides qui venaient chanter leurs tubes à la con, et toute la clique de Bokwangu qui venaient promouvoir leurs spectacles, leurs marques de vêtements et de sous-vêtements et de chaussures et de Dieu sait quoi d'autre encore. Ça n'avait pas de limites. Toute la journée : clips et pubs et promo. Tout le temps.

Quand je demandais à Zio ce que tout ça voulait dire, croire dans l'avenir, dans le travail et

* Tous, on avait l'impression que c'était à nous qu'il parlait. À nous seulement. On avait l'impression d'être unique et de compter beaucoup pour lui.

« être pour soi sa propre chance », il haussait les épaules et me souriait d'un air gêné, ce qui était sa manière de dire que la politique et lui, ça faisait deux, et que tout ça était trop complexe pour un paysan de son espèce.

— Viens, ma fille, il disait.

Et il prenait ma main, il la serrait et on s'en retournait bêcher ses champs, là-haut, au carrefour du silence.

Vers midi, Maddelenina nous livrait le piquenique qu'on partageait, tous les trois ensemble, face au ciel. J'aimais bien ces moments. C'était bon. Madde couchée contre moi et Zio, mon Zio, qui s'empiffre de saucisse au fenouil entre deux coups d'eau-de-vie. J'adorais ça, et pas un jour ne passe sans que j'y repense. Encore maintenant. Là où je suis.

Le soir, je n'avais plus besoin de Pacifico ni de la main de Zio pour rentrer : j'étais bien assez entraînée, et puis je voulais rejoindre Zbabou et les novices sous les mirabelliers. Je voulais manger leur peine, je voulais l'engloutir et ne plus penser à rien.

Quand j'en avais fini, après le moment fatal, je restais seule avec Zbabou. On s'embrassait, sa petite langue rose et rêche comme celle d'un chat nouée à la mienne, et le soleil qui sucrait nos peaux et donnait à Zbabou cette odeur de pain-caramel dont je raffolais. Main dans la main, on marchait dans l'odeur de feu, dans les buissons gorgés d'aspics, puis, pendant que je prenais Zbabou en bouche – une main serrant sa queue et ma langue faisant le reste –, lui, qui ne pouvait toujours pas respirer, glissait sa main où ça me faisait trembler et où j'étais vivante.

Le reste, alors, n'importait plus.

Il n'y avait plus que nous. Nous et les arbres. Nous et le vent. On n'avait besoin de rien d'autre.

Là, de jeunes lièvres bouquinaient*. Là, nous planquant dans les bergeries, nous revenait à l'esprit l'odeur détestée du lait de beurre, que nos mères versaient dans une casserole en fonte pour qu'il tiédisse. Là, on tombait nez à nez avec un cerf ou un chevreuil, et pleine et éternelle était notre joie en ces moments. Les arbres se penchaient pour se parler, étirant leurs branches et leurs feuilles, et se laissaient caresser par toutes sortes d'insectes. Comme si tout, jusqu'aux plus petites choses, voulait être écrasé, caressé, détruit et malaxé.

— Mange-moi, Léo.

Il suppliait.

— S'il te plaît, mange-moi.

Je le précise cependant, Zbabou n'arrivait pas à rentrer en moi, parce qu'il avait de mauvaises pensées, se sentait coupable et disait qu'on brûlerait en enfer, lui et moi, alors je le mangeais encore et encore et, avant de le quitter, je compo-

* Le bouquinage est la période de rut chez le lièvre. Comme sur un ring de boxe, les lièvres se font face et, debout, comme s'ils ne connaissaient pas la fatigue, ils se collent des poings à la tronche et s'arrachent des poils du poitrail. Un spectacle qui résumait si bien l'amour entre Paps et Mams, je me disais.

sais un hymne qui nous aiderait à tenir le coup jusqu'au lendemain :

« Il faudrait nous demander ce qui pourrait arriver si, un jour, nous nous endormions tous à la fois, les hommes et les choses. Ou bien si nous parvenions à l'inverse, à nous réveiller entièrement tous ensemble. »

Je ne réfléchissais pas, les mots venaient tout seuls et rien n'était si bon que ces moments avec lui. Pourtant, quand je me rinçais la bouche à la fontaine de la Testimonia (la petite place du village), je me demandais souvent ce que je faisais là, avec l'odeur de ces pauvres types collée à moi, ici, à Posino, loin de chez moi.

— Tu es en train de rêver, je me disais. Tu rêves. Mais bientôt tes yeux s'ouvriront et tout sera comme avant.

Et puis, avant l'assassinat de Bodeschou, un journaliste qui avait osé critiquer la politique du Colonel, les discours à la télé se mirent à changer. À présent, le Colonel voulait « faire entrer le pays dans l'histoire », il fallait « vivre avec notre époque », « en finir avec les économies rurales arriérées » et « peser sur la scène mondiale ». Des villes nouvelles, voilà ce qu'il voulait, avec des banques et des casinos, des salles de sport, des villes comme San Polito ou Sassaru, la capitale, mais aussi de simples bleds comme Posino. Des endroits où tout serait propre, calme, avec de grandes galeries marchandes bourrées de frigos et de lave-vaisselle, des tours en verre et d'authentiques maisons protégées par des systèmes d'alarme, des gens propres et soucieux de donner une bonne image d'eux-mêmes. Des saunas, des solariums, de la vitesse.

Le soir, il voulait voir des hommes en short devant des miroirs, sur des tapis roulants dans des salles de musculation. « Règne de la sueur, martelait-il, avec toujours cette voix flûtée qui galvanisait. Règne de la cuisse musclée et de la chemise blanche au sortir des douches. Règne des dents blanches. De l'audace et de l'estime de soi. »

Moi, ces histoires me gonflaient, vous n'imaginez pas, et puis ma vie à cette époque était de ne rien attendre, ni des politiciens, ni de Dieu, ni de personne.

Pourtant, un soir (la vie a de ces ironies !), après avoir quitté Zbabou, Maddelenina me tendit une lettre. Une lettre de Marcio (!) qui me fit bondir de joie.

Ma sœur, il disait, *je t'écris après pas mal de temps pour te donner quelques nouvelles, même si rien n'a vraiment changé ici à la Habdourga.*

Suivait effectivement des nouvelles des plaines et des fleuves, des endroits qu'on aimait et de la lumière brûlante. Il parlait du tracteur de Paps qui était en mauvais état, de fatigue, de solitude, puis de tout ce qui s'était rompu depuis que j'étais partie. Son ton n'était pas noir, je m'en souviens très bien, j'avais même rigolé quand il avait dit de Mams qu'elle était déprimée, sauf qu'il avait écrit « périmée », ce qui à la fois ne voulait rien dire et disait tout.

Aussi, disant que je lui manquais et qu'il se réjouissait de moi, il m'appelait « mon amour » et me donnait « des bises de soleil ». Des mots qui m'avaient fendu le cœur.

Plus loin, il avouait que la situation devenait difficile, « infernale », même, disait-il vers la fin. Depuis que j'étais partie, Paps avait en effet beaucoup utilisé son bâton pour se faire du mal. Quant à Mams, elle se tenait comme toujours derrière ses litanies, qui n'étaient pas seulement des ordres, mais des remparts contre la folie : « Non, Marcio, ne frotte pas avec le chiffon ! Oui, utilise la brosse ! Non, utilise du rouge d'Angleterre ! Oui, enduis tes semelles d'huile de ricin ! Oui, prends les petites poires dures et épluche-les, Marcio, pèse-les ! Oui, prépare le mélange que tu sais ! C'est bien ! »

Dans la foulée, il précisait que Mams avait une tête pas possible et qu'elle était usée, mais pas usée comme d'habitude, non, usée par le remords. Comme Paps, elle ne s'en remettait pas de m'avoir abandonnée. Et aussi se plaignait-elle d'avoir fait beaucoup de mal à ses enfants. « Tu m'en veux, Marcio. Pas vrai que tu m'en veux ? » Elle l'éveillait pendant la nuit et, à ce qu'il disait, tant qu'il n'avait pas répondu à ses foutues questions, elle refusait de le laisser regagner son lit, elle l'empêchait de fermer les yeux, la carne, et il devait rester debout sans prendre le moindre appui, sinon c'était le livraxiu.

À quelques allusions, je comprenais qu'ils l'avaient attaché plusieurs fois après mon départ, mais que maintenant c'était fini. Ils lui fichaient la paix.

Et de fait : à la fin de la lettre, il expliquait que Paps et Mams étaient venus le voir pour lui dire qu'ils étaient au plus mal, que tous deux en avaient assez de leur vie et qu'ils partaient, voilà, ils avaient pris leur décision, ils s'en allaient, Paps pour balancer son bâton à la mer et faire la paix avec lui-même, et Mams, elle, pour tourner le dos à cette ferme de malheur, aux pis dégoulinants et aux fosses à purin à évacuer à la pelle. Ils en avaient ras le bol de tout ça. À présent cette ferme est à toi, Marcio, ils avaient dit. Et ça l'avait déboussolé, mon pauvre frère, au point qu'il en avait perdu le sommeil.

En conclusion (si vous saviez comme moi ça m'a déboussolée), il disait que lui aussi en avait plus qu'assez, qu'il avait quatorze ans, la fleur de l'âge, et qu'il rêvait de me serrer à mort tout contre lui. Alors il avait pris sa décision : comme nos bourreaux, il quitterait lui aussi la ferme et ferait le voyage jusqu'à moi. Sans âne, sans ressources, sans rien. Il disait qu'il savait que ce serait long, comme une traversée du désert, mais qu'il en avait besoin pour entrer dans une vie nouvelle.

Il terminait comme ça :

Tu m'attends, d'ac ?

D'ici là, je te serre contre moi et te fais un baiser unique, mais long, très long.

Puis il signait.

Marcio, ton frère qui t'aime.

9

Mon voyage

Le jour où Paps et Mams sont finalement partis, ça a fait du bruit dans ma tête. Des coupures d'électricité.

Je suis resté dans la cuisine parmi les épluchures d'oignons traînant là depuis la veille, sauf qu'il n'y avait plus que ça maintenant : du silence, de la stupeur et mon estomac vide.*

Dehors, je suis resté un petit moment à regarder le soleil ricocher partout, sans broncher ni rien dire. Puis, comme le silence continuait, je traversai la cour, passai la grille, le porche, et laissai notre ferme derrière moi.

Des massifs couverts de poussière, des buissons à la limite de l'incendie et cette lumière blanche gravant dans mes yeux des signes indéchiffrables : j'étais là, libre, entre des scories de volcan et cette terre érodée en forme de vaguelettes, de ravines et de trous propre à la Habdourga.

* *Il y avait aussi les oiseaux de Paps, le bouvreuil et le rossignol. Mais je n'ai pas envie d'en parler ici, de ces oiseaux qu'il aimait plus que nous. Je vous en reparlerai plus tard, ou alors ce sera Léo. On verra bien.*

Quand le soleil piquait mes yeux comme la lame du canif de Paps, je serrais dans ma tête la main de Léo et, en même temps que l'image des horreurs passées se dressait en moi, j'accélérais le pas, accélérais encore, et je continuais.

— Tout finira par s'arranger, hein ma sœur ? je disais pour me rassurer.

Et parfois sa voix me répondait oui, même si tout se dérobait, que j'avais des aveuglements, les tempes brûlantes et une peur folle de m'égarer. C'était la première fois que je passais le Rino Morder, j'étais inquiet. Et puis j'avais la désagréable impression que c'était moi qui abandonnais la ferme, qui laissais Paps et Mams, qui leur tournais le dos, alors que ça avait toujours été le contraire. On était des obstacles pour eux, et on l'avait toujours été, aussi loin que je me souvienne.

Comment se faisait-il que je les aimais encore ? D'où vient cet attachement pour nos bourreaux ? Quel fil nous relie à eux ?

Ces questions demeurent des mystères.

Du reste, le sable n'arrêtait pas de se lever à cause du vent et des rafales. Je n'y voyais rien.

— Je suis où, ma sœur ? Dans quel effroi ? Dans quel enfer ?

Puis le soleil revenait, je revoyais mes pieds et mes mains, je revoyais ma barbe que je touchais en pensant à la luzerne que Paps offrait toujours aux bêtes, je revoyais l'horizon. Et tout recommençait, entre des pneus brûlés, des jerricanes et des bidons d'essence dans lesquels je shootais en disant que c'était des vestiges laissés par Paps et Mams. Ces deux-là, ils étaient sans doute déjà loin maintenant, près de la mer, où Paps allait jeter son bâton, j'en étais sûr, et Mams sa rancœur. Lui, je l'imaginais en train de chialer en repensant à ces coups qu'il s'était donnés, et elle, Mams, l'embrassant sur la bouche et lui prenant la main en l'invitant à entrer dans l'eau. Pour s'y noyer.

— Viens, Nino. C'est là qu'on nous attend. Suis-moi. Je suis tellement fatiguée, mon amour. Si tu savais.

Le troisième jour, lorsque de grands vertiges me sont venus, je me mis à marcher avec ma chemise devant la bouche, car je pensais que les scorpions – il y en avait, ou devait y en avoir, qui tôt ou tard viendraient me blesser –, que les scorpions comme ça me ficheraient la paix, que les sables ne me brûleraient plus et que la mort resterait loin. Mais je crois surtout que je voulais rester fidèle au petit garçon que j'avais toujours été, celui qui aimait la vie.

— On est où, Léo ? je murmurais.

Mais bientôt Léo ne me répondit plus, c'était fini, et je restai avec ces images : Paps et Mams qui nous poursuivent en hurlant qu'on est pires que des bêtes ; Calixte qui aboie en pensant qu'on joue ; Paps qui m'atteint au flanc ; moi qui m'étale dans la poussière ; Paps, à cheval sur moi, qui m'assène des coups à répétition tandis que Mams, Calixte dans les pieds, détourne le regard et que Léo, Léo ferme les yeux comme on le fait dans les pires moments, soudain ferme les yeux pour s'enfermer là où, pense-t-elle, le mal n'existe plus.

Quand je tombais de fatigue, je me souviens, je

m'allongeais par terre et je fermais les yeux comme dans ce grenier à foin où notre histoire avait commencé, quand rien ne s'était perdu et résolu en ombres. J'étais bien. Comme avant, je pouvais entendre son cœur sonner comme une décharge de chevrotine contre le mien, sentir sa main, ses lèvres, puis sa langue qui traçait dans ma bouche des signes étranges, des dessins d'animaux disparus et bien d'autres choses encore. Comme avant, je pouvais goûter sa bouche et revoir au loin la lumière de la cuisine de la ferme.

— Et si c'était toujours le même chemin ? je disais afin de me survivre. Si tout n'était qu'une danse, qu'on ne faisait que tourner en rond avec l'espoir ou l'illusion d'avancer, faute de mémoire, mais qu'on repassait toujours par les mêmes points ? T'en penses quoi, ma sœur ?

Je parlais dans mes dents.

— Alors quoi, hein ? Le soleil vient et nettoie tout ? La nuit revient et nettoie tout ? Mais c'est quoi ces douleurs ? Et est-ce qu'on sera un jour réparés ? Réunis ? Recollés ? Fiers et purs ?

Satanée marche…

Parfois, la lumière était tellement vive que je pensais au pick-up de Paps et me disais que c'était eux, avec Calixte et Mams, à l'avant-plan, qui venaient me chercher et me demander pardon.

— Excuse-nous, fils. On rentre à la maison.

J'aurais tout fait pour entendre ça, ne serait-ce qu'une petite fois.

Mais les minutes passaient et, tandis qu'il me semblait voir Paps planté dans le lointain, Mams, elle, se détournait de moi, se mettait à cueillir des fleurs et se frottait contre Paps en disant qu'il faisait un peu froid – frisquet, c'était son mot – et pour finir tous deux disparaissaient avec Calixte dans la lueur des phares. J'étais seul à mourir.

Après deux ou trois jours encore, deux ou trois jours atroces, je finis cependant par atteindre le centre du pays, où les gens, amassés sur les places, criaient que c'était une honte d'avoir assassiné Bodeschou. Un homme si bon ! Bokwangu, ils ne voulaient plus en entendre parler, plus personne n'avait foi dans le Régime, c'était la débandade. Croire en lui, qu'est-ce qu'on avait été idiots de croire en lui ! Pourtant, les semaines avant sa mort, je parle de l'assassinat de Bodeschou, on s'était mis à voir fleurir des affichettes sur les places des villages, sur les stèles, les fontaines (même celle de la Barbaragia), des affichettes où Bodeschou critiquait le Régime et nous mettait en garde. Ce qu'il disait, c'était que ce n'était pas une vie d'avoir le choix entre différents lave-vaisselle, que ce n'était pas ça, la vie, qu'avoir le choix entre des produits de différentes marques ne pouvait pas nous rendre heureux. Ne vous laissez pas avoir par des emballages, qu'il disait. Des tas de brosses à dents électriques, des piles de saucissons, des montagnes de chocolat blanc, cela n'a rien à voir avec le bonheur ! Il parlait de liberté, disait que les pauvres allaient une fois de plus se faire bouffer tout crus et que Bokwangu « bradait le souffle de la vie », alors que la vie, justement, « n'a pas de prix ». C'était ses mots, je les entends encore, mais je peux vous dire que personne à l'époque n'y prêtait attention. C'est comme ça, voyez-

vous : on préfère avoir chaud qu'avoir froid, on veut tous notre part du gâteau, c'est humain. Paps, lui, dans les derniers temps à la ferme, disait que c'était un pitre, ce Bodeschou, et que tout ce qu'il voulait c'était la peine universelle. Alors voilà comme il faisait : il crachait sur les affichettes, Paps, il urinait dessus.

Ainsi allait la vie.

Mais à présent, les gens étaient sortis de chez eux et Bodeschou, de presque rien, était devenu martyr et saint. Pauvre homme ! se lamentaient les femmes dans leurs capes jaunes des jours de deuil, en pleurant comme elles le font toujours en pareilles circonstances, mais avec plus de cœur encore, s'agissant du décès d'un saint.

Pour le reste, non, on n'avait rien vu de sa mort à la télé, mais des bruits circulaient selon lesquels il avait été torturé par les miliciens, découpé à la machette puis jeté aux chiens de l'oubli, le long de la nationale Sassaru-Nossantu. Selon ces mêmes rumeurs, même ses doigts avaient été coupés, parce que les miliciens n'avaient pas pu faire autrement pour lui retirer ses bagues et son alliance en or. Et ça, croyez-moi, ce petit détail des doigts tranchés, ça avait mis le peuple en rogne. Promettre aux pauvres puis les voler, qu'ils hurlaient. Promettre aux pauvres puis les spolier !

Croyez-moi, c'était quelque chose d'inédit d'entendre ces cris et la colère des gens. Du jamais-vu. Pourtant, même si ces cris étaient aussi les miens, je ne m'arrêtais jamais, car je devais marcher. Marcher encore et regarder l'avenir dans les yeux. Il le fallait.

— Tiens bon, je me disais au milieu des massifs rabougris, des buissons blancs, du sable vitrifié et de

ces routes asphaltées bordées de hautes herbes et de fétuques de brebis.

Et puis, le dernier jour, tout s'est mis à trembler, ça a fait des coupures dans ma tête et les scorpions sont venus. Il y en avait partout et ils piquaient, piquaient, comme la lame du canif de Paps et les épluchures d'oignon de Mams.

Je ne pouvais plus marcher.

Je ne pouvais plus ramper.

Je ne pouvais même plus voir la route.

Alors, j'ai levé les yeux au ciel et fixé le soleil longtemps. Longtemps. Jusqu'à ce que tout redevienne simple, et pur, comme la vie en son premier jour.

10

La fièvre

Ce jour-là, on se posa comme d'habitude sur le banc devant l'entrée, où on but notre traditionnelle gorgée d'eau-de-vie, Zio en fixant le ciel comme si l'orage guettait, et moi glissant ma tête dans le creux de son épaule en pensant que je devais encore verser la cendre au pied des arbres, bon Dieu, verser la cendre et nourrir les poules.

On était morts, la journée de moissonnage nous avait mis par terre et tout ce qu'on souhaitait, c'était attendre le repas du soir en en faisant le moins possible. Même Zbabou et les mirabelliers, même eux, je n'avais pas eu la force de les rejoindre.

— Tiens, où est Madde ? fit tout à coup Zio. Elle nous attend toujours d'habitude.

Il alluma sa pipe, tira une large bouffée puis, me désignant le seau de cendres en soupirant, il se leva et disparut dans la cuisine. Moi, je restai un moment sur le banc, me repris une gorgée d'eau-de-vie puis m'éloignai avec les cendres comme la machine de guerre que j'étais. « Travaille, Léo, travaille ! Plus vite, foutue carne ! » Ça remontait depuis l'enfance. J'en avais le tournis. « Les hommes sont là pour demander ; toi pour exécuter. » « Tandis que l'intérieur d'une femme revêche est un véritable enfer, celui d'une femme douce et obéissante est un vrai paradis. »

Bref.

J'accomplis mon devoir, puis retournai vers le banc où se trouvait Zio. Noué. Pâle. Un fantôme.

— J'crois bien qu'elle est partie, tu sais. C'est la première fois qu'elle est pas là quand je rentre… En quinze ans !

Il ralluma sa pipe.

— Ou bien elle est partie, ou bien il lui est arrivé un malheur…

Il se leva, se rassit, prit ma main, glissa sa tête dans le creux de mon épaule et regarda la nuit tomber, la découpe des rochers de la table de Boddevrustana et les bêtes à l'autre bout de la cour, qui dormaient d'un sommeil de juste.

Au bout d'un temps :

— Le mieux à faire, c'est de l'attendre, dit-il. Tu crois pas, Léo ? Se caler sur ce foutu banc et l'attendre…

Je ne sais pas si je lui répondis, je ne crois pas, mais je sais que la nuit était totale quand on fut réveillé par des voix, des voix et des murmures qui me rappelèrent Mams quand ils complotaient contre nous, s'imaginant comment nous perdre en nous expédiant en pension, debout main dans la main devant les cages aux oiseaux qui apaisaient les nerfs de Paps*.

Les murmures continuèrent, se rapprochèrent, puis on aperçut Madde ; et Zio aussitôt se jeta dans ses bras.

— Tu m'es revenue ! Mais où t'étais comme ça, ma belle ?

Il la serrait, lui embrassait les cheveux, lui touchait les fesses et la pelotait en tremblotant à cause du froid et de la passion, mais elle le repoussa.

— Y se passe quoi ?

Madde était blême. Elle me regarda, me fit un geste que je ne décryptai pas, et c'est alors qu'on vit débarquer Augusto Lu et quelques vieux qui tenaient Marcio à bout de bras.

— Madde l'a trouvé plus haut en allant à la pompe, expliqua Lu après avoir posé Marcio par terre. Il parlait seul, semble-t-il, comme un cinglé, puis il a perdu connaissance. Alors, on s'est mis dans l'idée de le ramener ici.

Doucement, il posa sa main sur mon épaule

* Paps, vers nos dix ans, avait attrapé un bouvreuil et un rossignol qu'il avait placés dans deux cages différentes, dans deux coins de la cuisine. Le bouvreuil, il l'aimait parce qu'il était beau, très beau, bien que son chant fût banal et mélancolique, un bavardage faible et grinçant. À l'inverse, le rossignol était beige, sans éclat, mais il chantait superbement, même à la nuit. Dès nos dix ans, on vit donc Paps passer d'une cage à l'autre pour se détendre. C'étaient les seuls moments où il semblait heureux. Entre ces cages à oiseaux à qui il ne donna jamais de nom, sauf le Laid qui chante bien *(zu idii a duroudi)* et le Beau qui chante mal *(zu diedu a i duroudi)*.

et dit que le médecin allait venir, qu'ils l'avaient prévenu et que je ne devais pas m'inquiéter.

— Merci Augu, fit Zio qui lui donna une petite chiquenaude amicale dans la nuque, salua les autres, s'approcha de Marcio et lui embrassa le front.

— Hé petit, fit-il en le bécotant. Réveille-toi, allez, réveille-toi !

Mais Marcio, dont les yeux étaient incrustés dans le crâne comme ceux des zombies des films que nous montrait Zbabou, Marcio ne bronchait pas.

Un mois avait passé depuis que j'avais reçu sa lettre et, même si je n'avais cessé d'en rêver, je m'étais interdit de me réjouir, préférant attendre qu'il soit là avant de hurler ma joie. Quelle idiote ! Si vous aviez vu son état. On aurait dit un mort !

Cette nuit, je la passai près de lui, humidifiant ses lèvres, le coiffant, le recoiffant et l'embrassant en lui disant combien je l'aimais, je l'avais toujours aimé et il m'avait manqué. Pour qu'il soit bien, on l'installa sur mon matelas et on passa notre temps à appliquer des compresses sur ses tempes ainsi qu'à le masser à l'aide de vessies de sangliers, vieille coutume par chez nous. On l'éventa, le borda, lui chanta des berceuses et les airs des moissons, de l'ensilage du grain et de la Saint-Élie. Les jours suivants, Zio me dispensa de travail pour que je reste auprès de lui. Mais lui, mon frère, ne bougeait toujours pas, il restait là, fixait le plafond comme si plus personne n'existait*, ou regardait par la fenêtre les buissons rouler dans le vent, tour à tour effrayé et pris de rires nerveux.

— Ils prendront le bâton, dis ?

Il hurlait. Tout son corps ondoyait avec les arbres et les buissons et il hurlait, le pauvre :

— Ils le prendront ? Oui ? Mais est-ce qu'ils m'attacheront au poêle ? Et après, hein, ils feront quoi ?

Lorsque le médecin se pointa trois bonnes journées plus tard (honnis soient les médecins du Régime, honnis soient leur mépris du peuple et leurs retards toujours terribles), il confirma ce qu'on pensait : Marcio souffrait d'épuisement, de crises d'angoisse et d'une sévère déshydratation. En conséquence de quoi, fit-il, on devait :

1. L'hydrater.
2. Le border.
3. Prier pour que la fièvre tombe.

Ce que nous fîmes.

Parallèlement, je continuai de voir Zbabou parce que le désespoir m'y poussait, mais j'avais le sentiment que tout était de ma faute. Et si c'était toi qui l'avais tué, hein ? je répétais. Si c'était tes mauvaises actions qui l'avaient détruit ? Si tout était lié, Léo ? La lâcheté des uns et la détresse des autres ? Si c'était ça, la vie ? Blesser les autres par nos écarts, par nos errements, par nos bassesses ? T'en penses quoi, Zbabou ?

— Qu'on vit dans le péché, tiens, il disait

* Pas même moi, bon Dieu, sa propre sœur !

comme une évidence, en s'agenouillant dans les talus où il ôtait ma petite culotte (encore qu'il la faisait plus souvent coulisser sans l'enlever tout à fait), avant de se mettre à enfoncer sa langue là où j'aimais tant ça, où je montais dans les airs et réatterrissais dans un corps heureux d'être là : ouvert et à personne.

Quand on avait fini, je continuais de me laver à la fontaine de la Testimonia, car j'étais plus que jamais convaincue que tromper quelqu'un qu'on aime, et en particulier l'amour de notre vie, laisse forcément des traces sur notre corps. Est-ce que c'est vrai ? Je veux dire, est-ce que je pense encore ça aujourd'hui ? Non, je crois que la trahison ne laisse pas de traces et que vous pouvez tromper sans que rien ne se lise sur votre visage, tromper sans que personne en sache rien, tromper encore. Est-ce que c'est bien ? Est-ce que c'est mal ? Je ne sais pas. Mais à l'époque je sais que je me lavais comme une sauvage en pensant à la petite putain que j'étais devenue pour tant d'hommes de Posino. Et, vous pouvez me croire, c'était quelque chose de terrible, comme aller nue sous le regard de Dieu.

Quand je retrouvais Marcio, il débitait ses litanies.

— Dis, ils prendront le bâton, tu crois ? Et le livraxiu, ils le prendront, à ton avis ?

Il me fixait. Et là je voyais dans son regard les silhouettes de Paps et Mams qui nous poursuivent ; Calixte qui aboie en pensant qu'on joue ;

Paps qui atteint Marcio au flanc et moi qui me réfugie là où, je me disais, le mal n'existe plus.

Ces moments-là, je me sentais démunie et me contentais de l'hydrater en restant la plus calme possible.

— Tiens. Ça peut pas te faire de tort. Ouvre la bouche, allez ! C'est le jus de nos tomates ! C'est notre sang, Marcio !

Je lui caressais les cheveux et la barbe et lui jurais qu'il était beau.

Puis je riais d'un rire blessé, enfilais mes bottes de sept lieues et ma tenue de travail, et rejoignais Zio en complétant mes mesures contre la peine. J'avais besoin de lumière. J'avais besoin de paix. J'étais folle d'inquiétude.

RÈGLES POUR SURVIVRE
À SA PROPRE FAMILLE
MESURES CONTRE LA PEINE (SUITE)

10. *Travaille sans boire* et sans manger, Léo. Le soir, laisse-toi ronger par la fatigue, par le remords. Puis endors-toi doucement.
11. *Ne te considère pas trop.* À la place, fixe le ciel, fixe ta houe. Oublie le reste.
12. *Quand tu marches*, pense aux pierres sous tes pas. Dis-toi que chacune d'elles compte et qu'en dehors, eh bien, il n'y a rien.
13. *Si tu as deux minutes*, regarde le corps des bêtes sachant d'instinct trouver le bonheur. Caresse-les. Imite-les. Ferme les yeux.
14. *Dis-toi qu'il reste en toi* beaucoup de joie,

Léo. Mais que la joie a parfois juste besoin d'un peu de temps. Attends-la patiemment.

15. *Meurs totalement une fois* à tout ce que tu aimes, à tout ce qui compte pour toi. Puis relève-toi.

16. *Ne perds pas de vue que la vie* a plus d'imagination que toi. Quand tu n'y arrives plus, laisse-toi guider par elle.

17. *La poussière peut être récupérée.* Tout ce qui est dévasté peut devenir rond, rond encore. Comme un vase. Courage, Léo. C'est possible.

11

Mama Luna

Une ou deux semaines passèrent, au terme desquelles Zio décida de faire venir une célèbre guérisseuse pour aider Marcio à se relever, Marcio qui restait là, maigre comme un câble de frein. Maigre comme une trique. Comme Paps.

Cette guérisseuse s'appelait Mama Luna. Elle habitait dans la pointe nord du pays et ne se déplaçait qu'à pied, avec son âne Zudo qui portait le matériel, un assemblage de fioles, d'alambics, de mues de serpent, de fleurs des champs et de décoctions de toutes sortes. Elle était connue de tout le monde et tout le monde, à Posino et en dehors, disait l'avoir toujours connue vieille, laide et butée, aussi loin qu'ils puissent se souvenir, mais qu'elle était aussi la cause de nombreux miracles. Et ils la bénissaient. À Posino, c'était une star !

Selon Zio, elle avait guéri des enfants à qui les mères ne donnaient plus le sein, mais des morceaux de pierre qu'elles faisaient cuire dans des poêlons afin de tromper leur faim. Elle avait guéri celle que le village appelait Madame-homme, une femme qui avait soudain vu son visage recouvert par une étrange barbe drue. Elle avait guéri les Frères-sodomites, trois attardés mentaux qui allaient non seulement les uns avec les autres, mais également avec les bêtes des fermiers voisins. Elle avait guéri l'Homme-mortadelle, qui avait le visage constellé d'ocelles roses et blancs et de petites papules hideuses. Elle avait guéri l'Homme-dégoûté-de-lui-même, un malade refusant de boire après lui et lavant ses couverts entre deux bouchées. Elle avait guéri ce garçonnet de quatre ans, l'Enfant-Félix, qui était toujours heureux, hilare, et dont le système nerveux s'en trouvait détraqué. Elle avait guéri Courte-queue, également baptisé l'Étrier, parce qu'il avait été surpris en train de toucher son pantalon en matant les filles chez Zurana Dunda, l'accoucheuse du village. Planqué dans la végétation, Courte-queue avait pris l'habitude de les mater en se touchant pendant qu'elles, pieds dans les étriers, serraient les dents. Jusqu'au jour où l'une d'elles avait croisé son regard et étouffé de rire en voyant le ridicule engin qu'il tenait entre deux doigts seulement, le pauvre !

Selon Zio, elle pouvait également guérir les rages de dents, les maux de ventre et la dysenterie. Elle savait que la dilatation des artères forme les anévrismes, que l'anis est d'un grand secours aux personnes sujettes aux indispositions venteuses, et qu'il se produit parfois, dans l'un des plis du fondement, une crevasse allongée, une sorte d'écorchure qui donne un peu de suppuration, et est le siège de vives douleurs. Elle savait que la chaleur du soleil, les compresses de flanelle ou de linge chauffés devant le feu, sont d'excellents moyens de vaincre la douleur. Contre les engelures, elle délayait de l'amidon et du tanin dans de la glycérine. Elle savait que la digitale refrénait les palpitations, connaissait comme sa poche les plantes du pays, et servait à qui voulait d'elle des liqueurs qu'elle seule préparait, à base de mauve, de violette et de bourrache.

Ce jour-là, lorsqu'elle arriva au village, les vieux, assis sur la Testimonia, se redressèrent.

— Vous êtes revenue, Mama Luna !

Ils souriaient.

— Pourquoi ?

Mais elle marchait sans les regarder, avec ses sabots noirs, sa chasuble noire et un long tablier en étoupe, non pas noir mais rose, rose vif.

Il y avait quelque chose de sévère dans son regard.

— Écartez-vous, qu'elle braillait. Bande de ploucs ! Laissez-moi faire mon job !

Dès qu'elle fut à la ferme, elle ordonna aux vieux qui l'avaient suivie de rester là, puis elle entra dans la cuisine où elle sortit de son sac une canette de bière qu'elle versa dans un verre à pied qui se trouva rehaussé d'un splendide col de mousse.

— Aaaahhhhhh ! fit-elle en le vidant d'un trait. L'alcool, qu'est-ce que c'est bon !

Puis, fumant la pipe – car elle aussi fumait la

pipe –, elle s'approcha de Marcio et, posant une oreille sur son ventre, elle prononça le mot « maroudhu », qui signifiait le « mal » ou le « fléau ». Lentement, elle toucha la surface du matelas de son index tendu, le posa sur sa langue en faisant une moue de dégoût, puis tendit un drap blanc parfaitement repassé sur la table de Madde, où elle fit allonger Marcio.

— Les gens sont des pouilleux, fit-elle. Vous dormez dans la crasse ! Bon sang, que n'ai-je eu d'autre don que celui de vous guérir !

Là-dessus, elle se mit à toucher le visage de mon frère, à le pincer, le lacérer avec ses ongles longs et pourtant impeccablement propres, pendant que, de l'autre main, elle massait son corps avec toutes sortes de pommades et de potions de sa confection.

— Sois pas triste, petite. C'est la vie... Il va mourir.

Elle s'était tournée vers moi, l'air grave, puis avait renversé sa tête en arrière et éclaté de rire, la garce, en disant qu'elle me charriait.

— Mais non ! Il renaîtra ! Je blague !

Là, elle sortit de son sac une dague en os de je ne sais quoi, et l'enfonça dans le ventre de Marcio.

— Tremble pas.

Elle retira la dague, enfonça une pelote de chanvre dans la plaie où elle versa un liquide bistre à base d'argile et de cannelle, ressortit la pelote imbibée de sang, et sutura le tout. C'était fini. Marcio rouvrit les yeux, me sourit, lui sourit, fixa Zio et Madde comme des planètes lointaines, pendant que Mama Luna jetait la pelote par terre en disant que le mal s'en était allé, que le fléau avait pris feu.

— Un nouveau monde ! se mit-elle à chanter en même temps que les vieux rentraient pour célébrer ça. Tout recommence, Marcio ! Tout est reparti !

Ensemble, on chanta toute la nuit en hommage à la vie, cette horreur délicieuse. On but comme des ivrognes au son de nos flûtes de roseau. Puis, au petit matin, elle se servit un dernier verre qu'elle vida d'un trait, et, sans plus regarder personne et tandis que son visage redevenait noir et dur comme du marbre de pépérin, elle nous quitta comme elle était venue, avec son âne Zudo, son fichu caractère et ces mots qui résonnent encore :

« Que n'ai-je eu d'autre don que celui de vous guérir ! »

Et puis, un miracle ne venant jamais seul, deux jours après le passage de Mama Luna, Bokwangu annonça qu'il nous faisait don d'un lingot d'or par ferme. Un geste inespéré, vous l'imaginez bien, pour nous qui avions toujours été spoliés par les Régimes. Sous Desotgiu, on devait par exemple produire telle quantité de céréales ou de viande qui devaient ensuite servir à l'exportation. Ça s'appelait atteindre les « quotas », les fameux quotas.

Pour cela, il nous fallait louer au Régime des dizaines de bêtes, car qui n'atteignait pas les sacro-saints quotas se voyait sanctionné par les commissaires de l'Approvisionnement, qui n'y allaient pas à la petite louche en matière d'amendes. Les bonnes années, on touchait dix pour cent de la production, lesquels servaient à rembourser les prêts d'achat de la ferme, des étables et du matériel*.

Les autres années, on se retrouvait sans rien. Saignés pire que des porcs.

Alors, oui, que Bokwangu nous fasse soudain don de tant d'argent, c'était exceptionnel.

Un geste d'accommodement ?

Une main tendue ?

Pour apaiser les tensions apparues suite à l'assassinat de Bodeschou ?

On se posa la question, puis on n'y pensa plus. Car deux semaines après l'annonce, deux semaines tout pile, on vit débarquer des jeeps de miliciens qui nous distribuèrent non pas des lingots d'or comme il était prévu, mais du fric, de l'oseille, sous la forme de liasses de billets de cinq cents.

— C'est pour vous, qu'ils braillaient. Avec ça, achetez des choses ! Faites-vous plaisir. Relancez notre économie !

Bon sang, nous qui n'avions jamais palpé plus

* On devait tout rembourser, tout, sauf le pick-up de Paps. Lui, c'était un vieux pick-up de l'ère Léonescu que Paps avait trouvé dans un fossé, avant de le retaper. Le reste de la population circulait à cheval, à dos d'âne, à pied, et très rares étaient ceux qui disposaient d'autre chose que de l'éternel tracteur Landini qu'on louait au Régime.

de l'un ou l'autre misérable billet de marché noir (de vingt ou de quarante, jamais plus), voilà qu'on se retrouvait avec ces sommes mirobolantes. Des montants qui jetaient des étoiles dans nos yeux, et qu'on planquait dans les armoires, sous nos matelas, dans les étables, en se disant que Posino était béni des dieux.

Ensemble, on se mit à rêver de gadgets, de fardes de cigarettes et de litres et de torrents d'eau-de-vie. On rêva de lave-linge, de frigos et de lave-vaisselle. Tout cela dont on avait manqué. Seul Zio disait qu'il n'en voulait pas, de ces engins, de ces machines. De l'eau-de-vie, ça oui, il en voulait bien plus, d'accord, mais pour le reste il voulait préserver son temps, ce temps où il faisait par exemple la vaisselle aux côtés de Madde, lui avec ses mains cuites de travailleur des champs, brûlées par le soleil et incapables de manier une tasse sans la faire voler en éclats, et elle, Madde, collée à lui avec sa sainte odeur de chair de pomme de terre, qui l'entourait de ses longs bras quand ils avaient fini, avant de l'embrasser sur la bouche. Clac ! Comme une gamine heureuse.

Dieu ce que ces temps étaient bénis, Sainte-queue* !

Dieu ce que tout allait bien !

Dieu ce que tout cela, malheureusement, allait changer…

* Expression courante au pays. Qui marque l'étonnement, la surprise et la joie. « Sainte-queue, qu'est-ce que ce garçon me plaît ! »

12

La vie nouvelle

*Trop faible pour aider Zio dans les tâches d'extérieur, je me mis, dès après le passage de Mama Luna, à seconder Madde dans celles d'intérieur et de proximité. Je blanchissais le linge et le repassais. J'aiguisais les couteaux de Zio. Je cousais nos initiales sur les draps. Je déclouais les tapis de sol, les étendais sur la corde de la cour et les battais avec le gourdin de Madde**. *Je nourrissais les poules et trayais les vaches. J'aimais bien ça, c'était quelque chose d'inédit pour le type que j'étais, et j'aurais de toute manière été bien incapable de porter le moindre ballot, sans parler de parcourir ces chemins de montagne comme le faisaient Zio et Léo, increvables dans ces paysages déchiquetés.*

Aussi, dès mon réveil, je me tartinais de rouge à lèvres et nouais mes cheveux à la manière de Mams lors de ses raids à Santa Lucia, puis descendais à la

* *Il m'arrivait aussi de couper du chou en fines lamelles, de les éparpiller sur les tapis et de brosser énergiquement avec une brosse en chiendent. Le résultat était parfait !*

cuisine où je prenais mon petit déjeuner avec Madde (c'était cette époque où on achetait du chocolat avec l'argent du Régime, où il y avait du papier-cul et des clopes, du café et du thé, ainsi que de délicieuses sucreries dans des pots en terre cuite). Et Madde, elle, me désignait les tâches à accomplir en me regardant naturellement, comme s'il était tout à fait normal que j'aie ce rouge sur les lèvres et ces cheveux en cône de palmier.

— Tu me trouves comment ? je disais en me déhanchant.

Et elle, tenant à bout de bras un tube rempli d'eau parfumée à la menthe, me dénouait les cheveux, me les lavait, en faisait une large natte puis me frictionnait le corps. L'odeur de menthe, la douceur de ses mains et la caresse de l'eau : c'était divin. Alors, fermant les yeux pendant que ça continuait, caresses et eau comme des bénédictions, je lui parlais des coups que je m'étais mis après le départ de Léo, et de ce voyage qui m'avait mené jusqu'ici, par le désert des Marodu et les plaines de la Tastamalina.

— À chaque seconde, je pensais que c'était fini. Tu aurais vu ces pistes de sable ! Ce vertige dans ma tête ! Et ces affreuses bestioles qui me piquaient et me piquaient !

Je reprenais mon souffle, elle continuait de me laver.

— Tu vois ce que je veux dire, Madde ? Mais il y a autre chose : il y avait une lumière en moi, qui me guidait. Je ne peux pas dire d'où elle venait, mais elle m'accompagnait, ça je le sais. Et c'est quelque chose

qui te fait croire en la vie, ça, une lumière telle qui t'accompagne.

Étrangement, moi qui jusque-là n'avais jamais beaucoup parlé, moi qui hésitais toujours à prendre la parole devant les parents, qui bredouillais toujours devant ces fous furieux en ravalant ma rage, ici, pour la première fois de ma vie, devant Madde, les mots sortaient tout seuls, comme le lait du trayon des bêtes. Pas de peur. Pas de crampes. Être vraiment écouté par quelqu'un est quelque chose de dingue, je me disais. Peut-être la meilleure qui soit.

Et puis, un matin, alors qu'on récurait au savon noir la pierre de l'évier, Madde s'arrêta, fila dans une étable et en revint avec la chignole de Zio. Elle serra ma main et me cala un bout de bois entre les dents, puis, à la vitesse de la lumière, me perça l'oreille et y passa une de ses boucles. Elle me sourit. « T'es beau », ça voulait dire.

Ensuite, elle courut au jardin et en ramena une fleur d'aconit qu'elle planta dans mes cheveux (elle les avait recoupés entre-temps, une frange en demi-lune au-dessus des sourcils, et elle les avait teints en blond comme notre poupée Mary). On était au mois de mars, j'allais avoir quinze ans, pourtant c'était comme si je venais juste de naître. « T'es beau, Marcio. Et tu en as le droit. »

Ce fut la plus belle période de ma vie.

À midi, on mangeait dans la cour en regardant le ciel, les nuages noirs. On marchait dans les prés. Elle et moi. Elle avec moi. Contre moi.

Au loin, on entendait les Landini de Zio et des Podere, des rires et le trissement des hirondelles dans les fenils. Mais ce qui me fascinait, c'était le ciel, c'était comme s'il était tombé amoureux de la terre et faisait venir la pluie pour le lui dire. Ces moments-là, oubliant le convalescent que j'étais, je faisais de mes bras des ailes de milan, je sautais dans les flaques, je tirais la langue comme un nigaud et me postais sur cette piste où je m'étais effondré. Je regardais éclore des petites fleurs blanches, très belles, mais qui ne vivaient que très peu. Quand j'y retournais, elles avaient disparu ; d'autres avaient pris leur place. Bon Dieu, je me disais alors en repensant à mes vieilles envies de me tuer, être en vie c'est quand même pas si mal ! Ce serait même presque bon, Marcio !

Lorsque la nuit tombait, je retrouvais Léo sous les draps.

Léo. À l'époque, je ne la touchais plus. Une nouvelle phase s'était ouverte, où je ne faisais que lui parler du départ des parents, de mes blessures, de ma marche dans la nuit, et de beaucoup d'autres choses comme le fait que, même dans les ténèbres, la vie demeure et continue. Quelquefois, cela dit, je la sniffais, la reniflais, c'était trop fort.

— Tu me plais. Tu me plais toujours autant, tu sais.

Et elle :

— Quoi ? T'as dit quoi ?

Et moi :

— Que tout a changé, pas vrai ?

Et elle :

— Un peu que ça a changé.

Elle me souriait, filait rejoindre Zio et me laissait là, dans le vide et le manque.

Quand elle me retrouvait, elle me fuyait du regard. Elle ne m'entendait pas :

— Je sais tout, ma sœur. Pour Zbabou et les autres. Comment vous vous touchez, comment vous vous mangez. Tu comprends ? Je sais tout. Alors arrête. Je te pardonne. Blottis-toi contre moi.

Au mois d'avril, enfin, je retrouvai des forces et les rejoignis aux champs. J'en avais marre des travaux d'intérieur qui me faisaient penser aux litanies.

« La femme est faite pour la vie de famille. »

« La valeur de la femme se juge d'après la tenue de sa maison. »

« La femme a été créée pour être la reine du foyer domestique, dont elle a naturellement le goût, elle qui aime les choses simples, douces, qui ne font pas de bruit. »

J'en avais plus qu'assez de tout ça, alors je faisais ce que je faisais le mieux, ce que j'avais toujours fait, je changeais mon corps en bête de somme et envoyais ma sueur couvrir le monde, bossant vite, bossant bien. Zio n'en revenait pas.

— Sainte-queue ! Tes parents, c'est toi qu'ils auraient dû envoyer ici ! Mon garçon, t'es une perle !

Il disait ça comme ça, en faisant semblant de rien.

— Ouais, t'es vraiment le meilleur. J'pense pas que j'trouverais jamais quelqu'un de meilleur que toi !

Derrière, j'entendais Léo fulminer, crachant par terre et flanquant son poing dans le tronc des arbres de la doline où on buvait.

Alors Zio se tournait vers elle et, au détour d'un coup de bêche :

— T'es aussi forte que lui, beauté. Je dirais même

que tu bosses encore mieux. T'es de la dentelle, toi! Fais pas cette tête, demoiselle Carabini!

Le soir, je rêvais que je me collais à elle et que je faisais courir ma langue sur sa poitrine, puis qu'elle faisait de même et que tout recommençait.

— Encore! je murmurais. Touche-moi encore!

Et elle :

— Quoi? T'as dit quoi?

Ces nuits-là, les voix de Paps et Mams me revenaient à l'esprit, du fond de cette mer où ils s'étaient noyés.

— Il faut être séparés de ses enfants pour les aimer. Tu comprends? Plus de carnets de comptes. Plus de stress. Plus de quotas. Juste le bleu, le ciel, le vent, les vagues. On a du temps, fiston. Or on ne peut pas aimer quand on n'a pas de temps.

Je me bouchais les oreilles mais ça revenait sans fin.

— Mes enfants! (Paps)

— Mes petits! (Mams)

— On vous aime! (En chœur)

— Nos bébés! (En chœur)

— Nos brebis! (Paps)

— On vous demande pardon! (Mams)

— À vos côtés, on ne voyait rien! (Mams)

— On bêchait! (Paps)

— On crevait! (En chœur)

— Il faut être loin d'eux pour aimer ses enfants. Comprendre qu'on les aime. (Mams)

— Ne plus les voir. (En chœur)

— Oh mes amours! (Mams)

C'était terrible d'entendre ça. Comme une torture. Parce que bien qu'avec mes cheveux blonds et mon rouge sur les lèvres, bien que proche de Léo, je dois avouer qu'ils me manquaient. Oui. Ils me manquaient follement et je les aimais.

13

L'ère du changement

L'année suivante, Bokwangu décréta que toute ferme possédant plus de dix bêtes serait soumise à des « ajustements ». Ajustement, c'était le mot employé, même si tout le monde savait très bien qu'il s'agissait de « nouvelles taxes ». On en avait tellement mangé ; on ne nous la faisait plus.

Bref.

Nous ayant fait cadeau d'un joli petit pécule, il estimait normal et même logique de compenser par un « effort commun » (là aussi, c'était le mot employé). Pour lui, il en allait de l'avenir du pays, il en allait de sa santé (comme si cette santé-là comptait plus que la nôtre), il en allait de notre réputation à l'international, et ajoutait, l'idiot, que ce dont on avait besoin, ce n'était plus seulement de se moderniser, mais de se propulser au-devant des autres nations, en devenant le fer de lance des générations qui en veulent, qui gagnent et qui grossissent.

Dans la foulée, on se mit à voir pousser des chantiers de construction sur les routes en marge du village, mais aussi dans le Nord et certaines zones du Sud. Partout – malheur à toi qui aimes le silence – des grues remuaient la terre. Partout, les camions du Régime sabotaient nos chemins, avec leurs panses chargées de matériaux et leurs immenses chenilles articulées. Partout, on voyait s'élever des treuils, des poulies, de hauts câbles métalliques fixés au sommet de grues hissant des blocs de pierre, des tubulures d'acier, des gravats, des hourdis longs de dix ou quinze mètres, des traverses de métal trouant les airs, des herses, des grilles et des grillages, des bétonneuses, des monte-charges mécaniques et tant d'autres instruments du diable.

Partout, notre nature fut massacrée. Des extractions de marbre voyaient le jour dans de charmants terrains jouxtant nos fermes, que le Régime, ce terrassier de l'existence, rebaptisait « carrières – accès interdit ». Il massacrait les forêts de pins, déracinait les chênes, détournait l'eau des fleuves et des rivières et dedans déversait la merde qu'engendrait sa « modernité ». Sur la côte est, non loin des eaux turquoise de la chiquissime Costa Lolla, il fit construire des hôtels de luxe et étrilla les côtes. Son but : faire venir le monde jusqu'à nous, changer notre île en destination touristique chic et branchée. D'où son obsession de l'image, du bronzage et des salles de sport qui, elles aussi, se mirent à sortir de terre. Dans le Sud-Est, il finit de raser les bourgades de Gósu et Ajuborre, Gódhu et Benidindhe, que l'éruption du Mont Morgiu avait mises à plat ventre, et y fit construire des « centres de vacances bon marché », pour que le peuple aussi puisse profiter de l'île.

Les semaines suivantes, toutes les routes se retrouvèrent asphaltées et des zonings surgirent, où l'on trouva en vrac, le long des axes, des chaînes de grands magasins Bokwangu, des snack-bars et des pizzerias du Régime, des salons de massage Bokwangu, des usines à pneus du Régime, des surfaces commerciales à louer bientôt investies par des salons de coiffure Bokwangu, des magasins de bricolage du Régime ou de produits électroménagers Bokwangu, des pompes à essence du Régime, des salons de thé Bokwangu, des magasins de jouets pour enfants du Régime et, dans le même temps, ces mêmes semaines, alors que le monde tremblait et qu'on pleurait nos paysages, la télé nous apprit ceci : l'effort commun, en fait, pouvait prendre deux visages. On avait le choix. Soit on poursuivait nos métiers d'arriérés et on payait les taxes*, soit on lui tournait le dos et acceptait des métiers d'avenir dans les entreprises du Régime, les magasins de voitures Bokwangu, les entrepôts du Régime, les scieries Bokwangu, les usines à pétrochimie du Régime, etc. À ceux qui abandonneraient leur

* Des taxes exorbitantes, je le précise, et qui visaient tous les paysans dans la mesure où, les bêtes, sous Desotgiu, on les multipliait, on en avait non pas dix mais trente, cinquante et parfois plus, sans quoi les quotas nous passaient sous le nez et Desotgiu nous tombait dessus avec ses foutus commissaires de l'Approvisionnement, ses amendes et ses ajustements.

travail d'arriérés, de hauts salaires étaient promis.

Alors les jeunes – pas tous, naturellement, ceux qui en avaient assez de la houe et de la sueur – sautèrent sur l'occasion. Fin mai, ils quittèrent le village et acceptèrent des jobs grâce auxquels ils s'achetèrent des motos, puis des voitures, puis des jeeps, puis des maisons, sur les plus beaux versants du Mont Mirdu.

Ainsi allait la vie.

Nous, en revanche, ce fut la déconfiture.

Madde, qui ne cessait de pleurer, ne fit plus à manger, ne nourrit plus les poules et n'habilla plus les fenêtres de guirlandes de fleurs pour égayer le jour. Elle ne frictionna plus Marcio avec ses lotions à la menthe, ne traversa plus la cour avec ses seaux énormes qu'elle remplissait à la fontaine, ne fit plus la vaisselle en compagnie de Zio et ne l'embrassa plus sur la bouche, clac ! comme ça, comme une gamine heureuse. Tout ça était fini. Ces nouvelles mesures du Régime lui mettaient le coup de grâce.

De son côté, Zio se claquemura dans le bar-cabaret de Filipo Pepe, où il discutait le coup avec Lucio Lazinar, Lucio Bellagu, les frères Podere et Augusto Lu, tous paysans comme lui.

En gros, il y avait deux écoles.

Celle d'Augusto Lu, disant qu'on devait pendre Bokwangu par les couilles (l'aile dure).

Et celle de Bellagu, qui répondait qu'il était dingue et que si on ne payait pas, ce serait nous qui serions pendus (l'aile molle).

Zio, lui, se contentait de se curer la barbe en tirant de larges bouffées sur sa pipe.

Il était épuisé.

Oui, il y avait la promesse d'une vie plus douce s'il changeait de boulot, mais il y avait aussi son honneur, le ciel, les pâturages et cette terre qui lui était tout.

Alors un soir, je me souviens, le voilà qui se lève, qui sort brusquement la pipe de sa bouche et balance comme ça, tout à trac :

— Ce fric, si c'est pour faire gonfler les caisses du Régime, je préfère encore me le carrer dans…

Une phrase sèche, mais qui avait le mérite de donner le ton.

Là-dessus, il se rassit et, sans nous quitter des yeux, ralluma sa pipe et se lança dans un speech sur ces machines qui n'étaient pas la vie, ces produits de différentes marques qui ne pouvaient pas nous rendre heureux, et le fait qu'on ne pouvait pas se laisser piétiner par le fric.

— Des salons de coiffure, des piles de saucissons, des montagnes de chocolat blanc, hurlait-il en citant Bodeschou, cela n'a rien à voir avec le bonheur ! C'est assez, non ? On a suffisamment de routes et de béton comme ça. Assez de bruit. Assez d'objets. Assez d'emmerdes.

Il se tut.

L'école d'Augusto Lu et celle de Bellagu se regardèrent un moment, perplexes. Puis tout le monde s'accorda pour dire que Zio, au fond, avait raison.

Le lendemain, on organisa une manifestation sur la Testimonia, où l'on cria les mots de la colère et entonna des chants à la mémoire de Bodeschou. Sur le visage de Bokwangu, l'Homme-mortadelle dessina de fines moustaches rappelant celles de Léonescu. Dans l'air lourd chargé de poussière, Courte-queue grava des messages belliqueux, ponctués de têtes de mort. Les deux Lucio plantèrent leur fourche dans le poste télé de Filipo Pepe, en plein discours du Colonel. Zio, lui, inventa des slogans qui se retrouvèrent sur des affiches, que l'on colla partout dès le lendemain. Nos fenêtres. Nos portes. Partout.

Du reste, parce qu'il fallait manger et payer les taxes en attendant mieux, on continua de travailler.

— Tape la terre ! disait Zio. Faut mettre les bouchées doubles maintenant. Allez, tape-la !

Heureusement que Marcio nous aidait.

Il bossait comme une brute.

Sa houe était son corps et il tapait, tapait la terre en serrant les dents avec sa frange en demi-lune, la boucle d'oreille de Madde et ses lèvres barbouillées de rouge pétant.

On crevait comme des bêtes, comme au temps de la Habdourga, et Zio répétait sans cesse qu'il fallait se serrer la ceinture. On aurait cru entendre Paps quand il parlait comme ça.

C'est d'ailleurs à ce moment que j'en vins à me dire que Paps et Mams, peut-être, avaient fait ce qu'ils avaient pu avec nous. Maladroitement, certes, mais ce qu'ils avaient pu.

— Pardonnez-moi, je murmurais chaque nuit, m'imaginant les retrouver et glisser dans leurs bras. Je vous demande pardon d'avoir été si difficile. Un monstre, je disais.

INTERLUDE III

Lettre de Paps à son frère Pepino

Cher Pepino,

Je t'écris depuis le sanatorium de Lorgudessa, où nous avons posé nos bagages, avec Zuna. (Une gentille infirmière a tout relu et corrigé, je te le dis d'entrée de jeu, car tu sais mon horreur des mots et des longs discours.) Ce que j'aimerais te dire pour commencer, c'est que je n'ai pas abandonné la ferme sans pincement au cœur. Tu sais combien je tiens à cet endroit où on est nés, c'est pourquoi j'ai chargé Marcio de s'en occuper. Il est grand, maintenant. Il est fort. C'est un homme. Je peux compter sur lui.

Tu sais, depuis le départ de Léo (comment va-t-elle, d'ailleurs ? Comment se fait-il que les plus belles choses nous passent toujours sous le nez ? Comment n'arrive-t-on pas à être le père qu'on voudrait être ?), tout était devenu plus pénible. Avec Zuna, on était à bout, un pas de plus et c'était la mort.

Chaque jour, je passais mon temps à masquer

ce que je ressentais. Chaque jour, je vivais pour cacher mes envies de mourir. Chaque jour, mon métier était de faire semblant. J'en ai eu des angines de poitrine, puis la tuberculose, mon Pepino, parce que le mal se précipitait en moi et que j'étais incapable de parler, même à Zuna, qui tomba malade à son tour.

Entre-temps, j'ai continué de travailler. J'ai serré les dents. Mais quand je voyais Marcio, ça me faisait encore plus mal, car je me sentais minable face à lui. Alors, faisant la seule chose que je sais faire, j'ai continué de construire des murs entre nous, et de le détourner en le battant avec le livraxiu. C'était comme si le diable me visitait.

Et puis, les dernières semaines, on a dû se rendre à l'évidence. Si on ne nous soignait pas rapidement, on allait y laisser notre peau, dans cette tuberculose. On a contacté des sanatoriums. On a écrit des lettres. On a prié (surtout Zuna).

Un soir, un médecin du Régime est venu. On a passé des tests. Et la semaine suivante, le sanatorium de Lorgudessa nous écrivait qu'il nous ouvrait ses portes. En arrivant là-bas, on devint des malades du Régime. Mais tu sais, celui-ci nous voulait du bien à présent ! On nous faisait à manger ! On avait le droit de dormir douze heures de suite et de regarder la télévision ! On pouvait se promener dans le parc ou le long de la mer ! Et, grâce au ciel, tout cela dure encore aujourd'hui, même si les équipes ont changé et qu'il est impossible de dire ce qui se passera. Car qui sait ce que Bokwangu a en tête ? Qui sait ce qu'il fera de nous, de ces sanatoriums et de la santé du peuple ?

Maintenant, j'aimerais te demander un service, Pepino.

Je sais que tu n'as pas beaucoup de temps. Je le sais.

Mais si un jour, lorsque tu le peux (demande à Léo de mettre les bouchées doubles), si tu pouvais te rendre à la ferme pour vérifier que Marcio s'en sort, tu me ferais le plus grand des plaisirs. Tu sais combien pénible est ce travail, mais aussi combien je l'aime.

Si tu es d'accord, j'aimerais que tu ne lui dises pas où on se trouve, ni que nous sommes malades. Ne lui dis rien. Ça vaut mieux. Tout ce que j'espère, quand je pense à lui, et aussi à Léo, c'est qu'ils pourront un jour penser à nous sans colère et sans haine. On ne veut rien d'autre, avec Zuna : juste qu'ils soient heureux et trouvent la force de survivre.

Je vais te laisser, mon Pepino. Mais avant ça, si tu as encore le courage de lire un peu ton pauvre frère, j'aimerais te raconter ça, quelque chose qui m'est arrivé et qui me fait dire que, peut-être, je retrouverai un jour la santé.

Voilà.

C'est arrivé il y a trois semaines. Je marchais le long de la mer, seul, sans Zuna qui dormait déjà, et je fixais le large en faisant les exercices de respiration qu'il me faut constamment répéter, de l'avis des médecins. Au bout d'une demi-heure, je voulus regagner le sanatorium et rentrer me coucher. Mais tu sais quoi ? Je me sentais bien ! Je me sentais calme ! Un état que je ne connaissais plus depuis si longtemps ! Je regardais la mer et, au fond de moi, j'avais l'impression que tout était là, posé, à sa place, et que cet endroit, qui était sans doute parfait pour mourir, était aussi parfait pour renaître. Alors – je te dis tout de suite que tout s'est fait sans réfléchir, tu me connais –, j'ai choisi un bâton semblable à celui avec lequel je me suis tabassé tant de fois. Puis j'ai fermé les yeux et, m'imaginant ce que signifierait le geste de le flanquer à l'eau, au sens profond de ce geste, à la colère et la violence que je voulais enterrer, je suis resté assis sur un rocher, là, sur cette plage qui puait le varech, où le vent cinglait mais où j'étais si bien !

Au bout d'une heure ou deux – comment dire combien ça a duré ? comment dire l'attente, Pepino ? –, un enfant s'est pointé à l'autre bout de la plage. Et, tandis que je pensais à ce que je venais de perdre ces derniers mois (Léo, Marcio, ma ferme et nos belles plaines), je me suis mis à pleurer. L'enfant, lui, s'est approché de moi.

Au loin, sa mère l'appelait, mais lui ne bronchait pas et jetait des petites pierres blanches dans l'eau à quelques mètres de moi. Le regardant discrètement, je pensais à Marcio, à Léo. À moi en tant que père. À ce qui passe et ne revient plus. Au fait que la vie peut basculer en quelques secondes, parce que tu n'as plus accès aux mots, que la parole est bloquée en toi et qu'il ne te reste que la violence pour appeler à l'aide.

Peu à peu, la mère s'est approchée de son fils et lui a dit de venir, qu'il était temps de rentrer. Il s'appelait Michal. Ou Michel. Un laid nom, d'étranger, mais que j'ai trouvé beau sur le moment, parce que cette compagnie, à ce moment précis, la compagnie d'un gosse, me faisait beaucoup de bien.

Quand ils sont partis tous les deux, la mère a jeté un œil vers moi, et même si mes larmes avaient séché, j'ai senti, Pepino, j'ai senti qu'elle avait compris, qu'elle m'avait vu, je veux dire, qu'elle avait ressenti ma peine et ce poids que je portais sur le cœur depuis tout ce temps. Ça m'a complètement renversé.

Quand je me suis retrouvé seul, j'ai saisi le bâton, me suis avancé sur le front de mer, et j'ai fait ce qu'il fallait. Le bâton a touché la vague, il a flotté un peu, puis je ne l'ai plus revu. C'était fini.

En rentrant au sanatorium, j'ai senti qu'un terrible nœud s'était défait, et j'ai dormi douze heures de suite, sans médoc, sans rien, ce qui ne m'était plus arrivé depuis des lustres. Au réveil, j'ai compris que j'étais venu ici pour ça : signer un traité de paix avec moi-même.

C'est dans cet état d'esprit que j'essaye d'être en ce moment.

Tu sais, la tristesse ne m'abandonne pas (tout ce tort que j'ai pu faire) ; même dans les beaux moments elle reste, elle est là, mais je m'accroche, mon Pepino. Auprès de Zuna que j'aime tellement.

Voilà ce que j'avais à te dire : il reste encore beaucoup de vie dans la vieille carcasse de ton frère, qui n'a pas dit son dernier mot.

En attendant, s'il te plaît, prends soin de Léo et passe donc voir Marcio lorsque tu le pourras.

Merci.

On vous embrasse, toi et Madde, qu'on se réjouit de revoir quand tout sera rentré dans l'ordre.

Ton frère Nino et sa Zuna.

14

Les vengeances

Bien des semaines après avoir posé nos affiches-slogans, les miliciens se pointèrent et les retirèrent les unes après les autres. Fumant ces longues cigarettes comme on n'en voit qu'à la télé, ces longues cigarettes blanches du Régime, ils se garèrent, laissèrent tourner le moteur de leurs jeeps Bokwangu et sortirent précipitamment dans la bourrasque pour décoller nos mots. Ils se rendirent ainsi chez Madame-homme, chez les Podere, chez Zio, chez Crevé (aussi appelé Le Mort, parce qu'il était blafard, marchait le regard vide, les bras ballants et faisait déguerpir les gosses qui, en le voyant, poussaient des hurlements terribles), ils se rendirent chez les Lucio, chez le Père Popili (un vieux prêtre défroqué), chez Fra Cabalescu et beaucoup d'autres encore.*

Lorsqu'ils eurent terminé, ils jetèrent nos affiches par terre avec des airs de canailles victorieuses, ils les froissèrent en boule. Nous, on fulminait. (La rage

* *Avec nos politiciens, la réaction prenait toujours un temps fou. Plus les choses traînaient, plus long était leur règne.*

calée à l'intérieur, qui déforme tes traits et te rend incapable de bouger. Cette rage-là.)

Puis, s'en allant comme ils étaient venus, ils laissèrent nos rues bourrées de ces chiffonnades de papier qui dansaient dans le vent. Il y en avait partout, je me souviens. Et je sais que, en les regardant, pendant quelques minutes, j'ai repensé à cette unique fois où on avait décoré le sapin de Noël avec Mams, un soir que Léo et Paps avaient la crève.

J'ai sept ans.

Je regarde les mains de Mams porter les boules au sommet des branches. Peut-être des boules en verre, je ne sais plus. Je sens l'odeur de sa chair à chacun de ses mouvements, un mélange de Javel et de pomme de terre. Un instant, j'ai envie de la croquer. Comme ça. Pour qu'elle me regarde ou qu'elle m'engueule, que j'existe à ses yeux. De mon côté, moi aussi je place les boules au sommet des branches. Je m'applique en tirant la langue.

Mams sourit.

— C'est bien, Marcio.

Je garde ce sourire en moi toute la nuit.

Le lendemain, les commissaires de l'Approvisionnement sont devant la ferme. Calixte aboie et Paps, en les voyant, a le visage déformé par la peur, un masque de cire, une pellicule de givre. Moi, je crie, des cris encore accentués par les aboiements de Calixte, et les hommes pénètrent dans la cour. Parmi eux, Marcello Gianni, voisin meunier de la Barbaragia, à qui Paps a prêté deux bêtes pour aider sa famille qui, comme la nôtre, ne possède rien. En échange, Gianni lui promettait un kilo de pain matin et soir, pour épaissir notre soupe – pain que nous ne reçûmes jamais, naturellement, vu ce que je m'apprête à raconter.

Depuis toujours, Gianni est reconnaissable à sa grande taille. Avec Léo, il nous effraie beaucoup, si bien qu'on ne s'aventure pas, jamais, dans les parages de son moulin.

Mais ce jour-là, ce 23 décembre, il est embarrassé et semble furieux. Il gesticule, ondule, parle non-stop aux commissaires, mais le tumulte est tel (mes cris et ceux de Calixte) qu'on n'entend rien. Mams et Léo sont là. Elles regardent Paps, le visage blême, qui se poste dans la cour, pipe aux lèvres, pantoufles aux pieds, et les attend. Qu'est-ce qu'il paraît léger, Paps : un coup de vent et il s'envolerait ! Gianni marche vers lui, mais ne le salue pas. Rien. Pas un regard, pas un bonjour. Il parle avec les commissaires. Alors lui, Paps, de voir ça, il recule. Des problèmes, il en a plus qu'assez, et pour l'heure il voudrait juste se mettre au travail.

— Y a quoi, Nino ? demande Mams au pied des escaliers de la buanderie (elle le tient par la manche).

Et lui (en retirant sa main) :

— Rien.

Et elle :

— Ne me dis pas que tu as fait affaire avec… (elle cherche le mot) avec…

— Y a rien, j'te dis, l'interrompt Paps, qui referme la buanderie et nous emmène dans la cuisine. Sa tête bourdonne, des coupures d'électricité, et à ce moment précis je sais qu'il pense qu'il ne supporterait pas, là, devant nous, une scène d'humiliation. Entre-temps, Gianni et les commissaires frappent à la porte.

Mams :

— Ne me dis pas… Ne me dis surtout pas…

Et lui :

— Bordel, Zuna, y a rien !

Les hommes insistent, pénètrent dans la buanderie ouverte sur la cour et entrent dans la cuisine en forçant la porte. La respiration de Paps s'accélère, la sueur perle sur son front. Gianni tousse, puis explique la situation en pointant Paps du doigt.

— Cet homme (il appuie le mot), cet homme a essayé de me vendre deux vaches malades, messieurs les commissaires. Cet homme voulait se faire de l'argent à nos dépens. Il mérite d'être puni !

Paps le regarde, abasourdi, même s'il sait parfaitement que les dénonciations sont monnaie courante sous le Régime, et que les gens par chez nous ne se font pas de cadeaux.

— Ces bêtes étaient malades, poursuit Gianni. Je vous le jure. Il suffit de me suivre. Venez…

En bas du marigot, Gianni leur montre deux carcasses de bêtes couchées par terre, pattes raidies tournées vers le ciel – des vaches qu'il a empoisonnées pendant la nuit, afin de truquer l'affaire.

— Vous voyez bien ! Ses bêtes sont des cadavres ! Elles meurent les unes après les autres. Messieurs, punissez-le !

Il faut le savoir : en cas de dénonciation de ce genre, de fraude, d'entorse au règlement ou aux fameux « quotas », le dénonciateur recevait une prime sous forme de chèque, et le coupable de sérieuses amendes. Dès lors, ce que les commissaires exigèrent ce jour-là, c'est que Paps leur remboursât la valeur des bêtes, et leur versât une amende dont la somme lui fit tourner de l'œil.

À nouveau, il se remet à respirer très fort, très vite, mais devant sa famille réunie, et particulièrement devant Mams à qui il n'a rien dit de cette affaire, Mams qui le fusille du regard et pense devenir chèvre, il est écrasé par la honte, Paps, humilié. Qu'on puisse le suspecter d'avoir voulu rouler Gianni, il ne le supporte pas. Un instant, il aimerait dire un truc, faire quelque chose, s'opposer, mais sa langue comme toujours reste collée à son palais. Et il demande à boire.

— Un verre d'eau, Zuna.

Il vide le verre d'un trait puis bredouille quelques mots à l'attention de Gianni, qui n'écoute pas. Moi, collé à lui avec ma fidélité de clebs, je ne sais pas ce qu'ils se sont dit, quel marché ils ont pu conclure, mais ce que je sais, c'est que les bêtes de Paps sont en parfaite santé. Je veille sur elles chaque jour : je le sais. Alors, j'aimerais demander des preuves et faire ouvrir leur corps pour en sortir cette saloperie de poison que Gianni leur a filé, mais je n'en ai pas le temps, car Paps prend la parole : « C'est entendu, messieurs les commissaires, je vous rembourserai. »

Après cette trahison, il resta deux jours alité. Immobile. On crut qu'il tombait malade.

Puis il se leva, prit son couteau battant sa culotte noire de travailleur des champs, et marcha en droite ligne jusque chez Gianni qui, lorsqu'il ouvrit, reçut la lame en pleine poitrine, puis fut tracté par Paps jusque dans le marigot, où l'affaire fut classée.

Ainsi allait la vie en ces temps-là.

Ainsi naît la vengeance.

Mais revenons-en à notre histoire. À ces chiffonnades de papier. À ces gosses qui y foutent le feu sans penser que ce sont là nos rêves qu'ils piétinent. Et à la sainte colère de Zio qui noya son désespoir dans l'eau-de-vie avec les autres paysans, pendant trois jours et trois nuits de suite, chez Filipo Pepe.

Léo, elle, dans ce contexte, décréta que ce dont on avait besoin, ce n'était plus d'églises, ce n'était plus de castels, ce n'était plus de prières, ce n'était plus de petits amandiers dans de coquets jardinets de Pères, non, ce dont on avait besoin, c'était de nous coller les uns aux autres et de nous réchauffer, toutes les nuits, dans les étables de Zio.

Ce que nous fîmes.

À ce temps-là, je précise que je n'étais plus jaloux, ni de Zbabou ni de personne, tant il est vrai que moi aussi je faisais des choses, avec les novices et d'autres types. J'adorais ça ! Et eux aussi, je crois. Comme si l'absence d'amour que je portais (depuis toujours) les attirait, les aimantait. Quelque chose de ce goût-là.

En tout cas, ils laissaient des petits mots dans les cruches à lait devant la ferme.

Des messages pour moi et Léo, qui leur plaisait aussi :

« Marcio, demain, fais-moi signe quand tu seras aux champs » ; « Léo, j'aimerais t'écraser contre mes côtes, tellement je t'aime, toi et tes yeux de désespérée » ; « Marcio, ma main que tu as embrassée hier me ramène constamment à toi » ; « Léo, avec toi, j'ai fini ma journée la tête dans les nuages de Boddevrustana. Rien que pour ça, je te dois un grand merci » ; « Bonne

nuit, mon amour. La vie nous semblera plus belle après un bon sommeil ».

L'ennui, c'est que ces corps, nous, on n'en tombait pas amoureux. On en voulait toujours d'autres. On n'était jamais rassasiés. Si on avait été sincères, d'ailleurs, on aurait dû se tatouer sur le front :

NE TOMBEZ PAS AMOUREUX DE NOUS.
NOUS NE SOMMES PAS FIABLES.
NOTRE BESOIN D'AMOUR
EST IMPOSSIBLE À CONSOLER.

Mais on n'écrivait rien. On prenait ce que la vie nous offrait. C'est tout. Pour le reste, on ne se touchait pas, toujours pas. Même si on en brûlait.

— Touche-moi, Léo. Embrasse-moi comme un mec !

Et elle :

— Quoi, Marcio ? T'as dit quoi ?

Voilà tout ce qui se passait.

Et puis, bien des semaines encore après l'arrachage de nos affiches, nos champs se mirent à brûler. Les miliciens y boutaient le feu. Un cran plus haut dans la violence, ils voulaient nous chasser de nos terres, nous changer en caissiers de supermarchés et qu'on les suive dans cette ère nouvelle nommée Modernité.

Mais voilà, brûlez les champs d'un paysan, arrachez-lui ses arbres, trucidez son bétail, vous obtiendrez cela et cela seulement : la vengeance.

Ainsi naquit la nôtre.

15

Zio

Parce qu'ils tutoient le ciel, les neiges coiffant la table de Boddevrustana et les hauteurs du Mont Mirdu, les champs de Zio furent épargnés, tout comme notre ferme. Une sorte de miracle. Je ne peux pas le dire mieux. En revanche, une moitié de la campagne de Posino brûlait – imaginez une odeur âcre qui prend au nez, de minces fumerolles s'échappant d'entre les haies, de sous les arbres, à travers des hectares et des hectares roussis, au-dessus desquels les busards volent en poussant des cris d'outre-tombe. Imaginez les vioques, les gosses et les mères en train de frapper la terre en se traînant comme des asticots dans ces déserts de cendre ; laper le feu qui monte jusqu'au village, par des accès secrets, pour une fois de plus nous mettre à genoux.

La ferme des frères Podere : cramée.

La ferme de Lazinar : cramée.

Et d'autres fermes encore.

Et d'autres champs aussi.

Mais, plutôt que de reverdir ceux-ci avec de

la poudre d'ortie, plutôt que de relancer la machine à produire (travailler la terre, travailler la bête, travailler le légume), on préféra chanter les chants de la hargne et se coller, encore, dans cette étable où on se retrouvait chaque nuit et où, contrairement à Marcio qui ne tombait jamais amoureux, j'avais, moi, cette fâcheuse tendance à trouver beau chaque homme. C'est bien simple, dès qu'on me touchait, je montais au septième ciel, comme une flèche. Tchak! Car d'une certaine manière je les aimais tous, ces mecs en mal d'amour, coincés comme ils l'étaient entre les dents de ces montagnes qu'ils n'avaient pas quittées depuis l'enfance. Même les plus laids – je l'avoue –, les plus gros et les plus petits, même eux me faisaient du bien. Même eux me rendaient heureuse.

Le soir, comme si de rien n'était, Zio et Madde se remirent à faire la vaisselle ensemble. Zio lui souriait et caressait ses hanches en montagne de massepain pendant qu'elle, essuyant les soucoupes et les rangeant dans le vaisselier, lui souriait en retour. Quand ils avaient fini, ils filaient dans leur chambre où Zio, comme avant, lui dénouait les cheveux et la faisait grimper aux rideaux en faisant hurler les ressorts du lit.

Quand le silence revenait, Zio quittait la chambre, il se promenait dans la cour avec une expression étrange, ce méchant petit sourire rappelant celui de Paps mijotant ses sales coups, puis il se dirigeait dans le hangar où on l'entendait bricoler toutes sortes de choses jusqu'au petit matin.

Quelles choses ? On ne le sut pas tout de suite, car on n'entendait rien, nous. Juste des explosions accompagnées d'odeurs de colle et, à ce qu'il nous semblait, de glycérine et de toutes sortes de produits chimiques puant la rage.

— Y a quoi ? on demandait quand une explosion avait lieu.

Et lui, à plat ventre dans la cour ou caché derrière un ballot :

— Rien.

— T'es sûr, Zio ?

— Absolument !

Mais un soir, alors que je m'étais planquée (sans respirer et sans bouger) derrière la porte du hangar, je vis ses mains, les grandes mains cuites de Zio manipuler des tubes métalliques qu'il remplissait de pâte blanchâtre et reliait à des fils électriques, je vis des cristaux blancs semblables à des carrés de sucre se former sous ses yeux, et je compris qu'il ne fabriquait pas de la drogue comme je me l'étais imaginé, mais quelque chose de pire, quelque chose de terrible, qui ferait basculer nos vies*.

Cela dura comme ça quelques semaines : nous qui nous dissolvons dans l'étable de Zio, nous qui n'existons plus ; Madde et Zio qui hurlent dans

* Patience, vous saurez dans le chapitre suivant tout ce qu'il faut savoir. En attendant, il est bon de ne pas savoir. Ce suspens remplace l'éternité.

leur chambre, leurs ongles labourant le mur ; et les champs qui nous regardent depuis là-haut, avec leurs tristes yeux brûlés.

Et puis une nuit, celle de la Saint-Élie, ce fut l'explosion. D'un coup, elle m'éjecta au centre de la cour, pulvérisa la porte de la grange, atomisa les balles de paille partout disséminées, mais Zio, lui, bondissait de joie.

— Sainte-queue ! Vous avez vu ? Bam !

Son masque était rempli de buée et il avait des brûlures partout, le pauvre, sur les bras, les jambes et le visage. Le toit avait été soufflé en même temps que la porte, il n'en restait plus rien, mais lui, Zio (et on aurait vraiment dit Paps après qu'il eut refroidi Marcello Gianni), mais lui regardait ça comme la huitième merveille du monde.

— Alors, vous avez vu ? Vous en dites quoi, les jeunes ? Bam !

Le lendemain, aucune réparation ne fut entreprise. Bien au contraire, il invita tout Posino à une fête qu'il donnerait le soir même. Tout le monde, disait-il, devait venir, c'était très important, car ce serait un moment unique dans notre histoire.

Suivant ses instructions, on se chargea donc des préparatifs avec Madde, pendant que lui partit aux champs. On se lava à la brosse, passa des habits propres, savonna chaque parcelle de la cour, entoura de bandelettes l'extrémité des cornes des bêtes restées dans les étables, et piqua par-dessus des pomelos et des citrons verts de chez Crevé. On ramassa du bois et des souches qu'on lia sur le dos de Pacifico, dont je décorai la queue et les oreilles de rubans roses. On disposa des chaises en cercle et on les garnit de couronnes de lierre. On installa des tables, des bancs, on sortit des ustensiles de cuisine, des épices, des nappes, des napperons. Des femmes nous amenèrent des candélabres, de petites galettes salées, des salades d'aneth, ainsi que des gâteaux aux noix et aux amandes qu'on aimait tant, déjà au temps de la Habdourga. Chez Filipo Pepe, on creusa le lit d'un fleuve que l'on remplit d'alcool et fit couler en gloire jusque chez nous.

Les tables furent garnies de bouquets de lavande et d'amaryllis. Les femmes couvrirent de linges les plats contenant le blé et les salades d'aneth, puis les rangèrent à l'ombre, près des galettes de pain et des omelettes aux herbes du maquis.

Lorsque tout le monde fut là, on vit Zio qui rappliquait avec ses bêtes, toutes à la queue leu leu. Derrière lui : toute la clique pétulante des gosses braillant ces choses qu'eux seuls comprennent, riant, ruant, tapant du pied, puis, l'Enfant-Félix en tête, frappant les bêtes qui refusaient d'avancer avant d'éclater de rire et de reprendre place en queue de cortège.

— Du nerf ! beuglait Zio. Vieux Pepino, bon sang, du nerf !

En arrivant, il retira sa casquette à visière de cuir et nous salua – un beau sourire.

Il rassembla ses bêtes dans un coin et les

branches (de lentisques et de fétuques de brebis) en trois tas.

Il alluma un feu, un autre et un troisième, plaça par-dessus des broches métalliques, puis enclencha un mécanisme qui les fit tourner lentement, précisément, suivant le rythme des flammes.

Un beau spectacle, vraiment, qu'on regardait sans bouger, comme de foutus idiots.

Lorsque la nuit tomba, il se racla la gorge et décréta que tout était prêt. C'était la fête, Sainte-queue, qu'on en profite ! Et il nous invita à boire et à chanter au son de nos flûtes de roseau. Ce que nous fîmes. De son côté, il tirait sur sa pipe et tournait et retournait autour de ses bêtes en leur parlant doucement.

— Ma belle. C'est rien tu sais, ça va aller.

Toute ma vie je m'en souviendrai.

Toute ma vie je verrai Zio tourner autour de ses satanées bêtes en leur causant pour les calmer. « Ma belle, ma très belle. »

Toute ma vie j'aurai cette image, lorsque après avoir sorti son couteau, puis en avoir léché la lame de la pointe de sa langue, il entreprit de les égorger les unes après les autres.

Tchak.

Puis tchak.

Encore tchak.

Aussitôt, des femmes poussèrent des cris.

Des gosses hurlèrent qu'on allait le pendre par les roustons s'il continuait. Ou qu'il finirait ses jours au cachot.

Mais Zio continuait, ses yeux brillaient. Il abattait ses bêtes les unes après les autres et paraissait hors de contrôle.

Ça dura un moment. Puis il stoppa son geste et nous regarda avec malice :

— Vous crevez de faim, n'est-ce pas ? Moi aussi. Alors, comme je refuse de payer les taxes…

Il tira une bouffée sur sa pipe couverte de sang.

— … on va manger mes bêtes !

Il nous regardait, le bougre :

— Car pour celui qui n'a plus de bêtes, il n'y a plus de taxes, n'est-ce pas ?

Il éclata d'un rire mauvais. Lazinar se précipita pour lui arracher son couteau, le Père Popili se rengorgea, blême, et plus personne ne pipa mot pendant un petit moment.

— T'as une vis desserrée, lâcha finalement Bellagu. Mais j'te suis, moi, elle est bien ton idée. Plus de bêtes = plus de taxes ! C'est aussi foutument simple que ça.

Étrangement, Lazinar partagea cet avis. De même que les Podere, que Fra Cabalescu et que quelques autres, qui se mirent à chanter qu'ils allaient se venger. Oui, que ce diable de Zio avait raison et qu'ils allaient se venger.

— Vengeons-nous, hurlaient-ils.

Puis (tout le monde s'était mis à hurler et personne ne remarquait le faucon crécelle qui faisait le vol du Saint-Esprit, immobile entre deux pics du Mont Mirdu), on but chacun cinq verres de bière, cinq verres de vin et cinq d'eau-de-vie. On chanta les chants de la colère. Zio continua de tuer ses bêtes, et d'autres, parmi lesquels l'Homme-mortadelle, sortirent les organes des panses, qu'ils saupoudrèrent de thym puis recousirent, avant de placer un bœuf, un mouton et une chèvre au-dessus de chaque feu. Sur les autres bêtes, ils déversèrent et allumèrent des litres et des litres d'essence.

— Alors, vous comprenez ? disait Zio qui ne cessait de parler à ses bêtes. Vous comprenez, maintenant ? Ce n'est pas vous que je tue, belles princesses. Ce n'est pas vous. Ce sont les taxes.

À présent, il était au-delà de minuit et, dans les falaises, on entendait les gifles du vent, on entendait les arbres qui craquaient, on entendait le vieux grand-duc qui hululait et dont les gros yeux jaunes semblaient veiller sur nous, du haut de ses aigrettes.

Alors, puisque tout était bien, on sortit les plateaux, on découpa les viandes, on arrosa celles-ci d'une exquise marinade signée Zbabou, et l'on fit ce qu'on rêvait de faire depuis tellement longtemps. On se mit à manger.

INTERLUDE IV

Dernière lettre de Paps à Pepino

Cher Pepino,

Je m'étonne que tu n'a pas répondu à ma letre. J'espère que tout va bien ? Voilà 2 moi que je l'ai écrite... Tu sais, je me fais du souci pour vous, et pour Marcio aussi. J'ai peur qu'il vous soi arrivé un malheur ou quelque chose de grave. Je sai que la situation n'est pas bonne en ce moment alors je crains pour vous. Dis-moi si quelque chose est arrivé.

Tu sais, au Sanatorium (excuse-moi, aujourd'hui personne n'a relu ma letre et je te l'envoi comme je l'écris, avec tout mon cœur), ici non plus ce n'est pas simple. Ils ont supprimé bcp de postes et notre état est loin d'être bon.

Zuna tousse jour et nuit, elle crache du sang et a perdu bcp de poids (elle n'arrive plus à avaler). Si tu voyais son corps, brave Pepino, si tu voyais ses hanches hier encore comme deux pains de mie, tu tomberais le cul par terre ! C'est bien simple, tu ne la reconnaîtrai plus. Tu sais, il se pourrait bien que ce bon vieux bacille de Cok ait finalement raison de nous. Car moi aussi – ça me coûte bcp de te l'écrire – je dépéri. Plus la force de marcher. Fini, la mer. Maintenant, ton vieux frère est juste bon à tenir le lit et condamné à quoi ? Eh bien, à gober cette saloperie de Streptomycine et tous ces trucs qu'ils nous font prendre dans l'espoir de nous guérir (sans parlé de leur fameux « traitement par la lumière » : ils nous placent sous un globe à rayons, mon Pepino, avec des bandeaux noirs pour protéger nos yeux, comme si le miracle pouvait venir de là !).

Mais passons.

Ce que je veux savoir, c'est si tu as pris le temps d'aller trouver Marcio. Peut-être que tu l'a fait, mais que tu ne m'as pas encore écrit ? Je sais que tu as bcp à faire.

Si tu ne l'a pas fait, pourras-tu t'en charger ? Je suis dans le tourment sans nouvelles de ta part. Je ne dors plus. Et moi non plus, je ne parviens plus à avaler.

Pardon de te presser, mon Pepino, mais si je dois finir mes vieux jours ici (44 printemps, tu parles de vieux jours !), j'aimerais le faire l'esprit en paix. En sachant que la ferme tient bon, que mon fils grandi bien, etc.

Donne-moi aussi des nouvelles de Léo, d'accord ?

Zuna dort à côté de moi, elle a des râles et tousse bcp (la pauvre, elle a chopé l'onglée à cause du froid et de ces satanés vents marins), mais je suis sûr qu'elle t'embrasse du fond du cœur. Comme moi !

Portez-vous bien.

Ton frère Nino et sa Zuna.

16

Le colis

Le lendemain du festin, hommes et femmes, bitus comme Paps dans ses grands soirs (Paps hurlant qu'on l'épuisait avec nos vers dans le troufignon et notre éternelle sauvagerie*), étaient affalés dans la cour. Des boyaux cimentés à leurs lèvres, des cadavres d'eau-de-vie à leurs pieds, à poil pour la plupart, ils dormaient, l'Homme-dégoûté-de-lui-même collé à Lazinar, les frères Podere à leurs épouses, Cabalescu à Madame-homme, les mères à leurs petits, et ceux-ci aux clébards venus laper les restes.

Ainsi allait la vie.

Moi, morte saoule également, je venais de faire ce que depuis des lustres je n'avais pas fait. Oui, j'avais touché Marcio, j'avais glissé mes doigts sous son marcel, son pantalon et sous son slip, et

* « Sainte-queue, Zuna ! Passe-moi le vermifuge ! Nos gosses ont le troufignon rempli de vers ! » Cette phrase était l'une des préférées de Paps lorsqu'il était bourré ou qu'il se recueillait devant ses cages et qu'on était sommés de la boucler.

les avais fait jouer en l'écoutant crier qu'il voulait que je le détruise et que je le faisais crever, avec mes satanés coups de hanche.

— Marcio, je te donnerais à boire si mes seins étaient pleins, je lui avais dit en les collant à lui, à la manière de Mams avec Papsu.

Là, j'avais basculé en arrière et je l'avais mené au ciel, où il avait cessé d'être un garçon et s'était juste senti léger, léger, la légèreté des anges.

Écrasés contre nous, les autres rêvassaient :

— Mets ta langue dans ma bouche, chuchotait Bellagu lové contre une horrible vieille, elle-même dans les bras de l'Homme-mortadelle, dont on ne savait dire s'il rotait ou ronflait seulement.

— Je t'aime, mets ta langue dans ma bouche, murmurait-il, en même temps que Zbabou, sur le visage duquel coulaient de grosses larmes cristallines, appelait constamment son père.

— Je ne t'oublierai pas, qu'il disait. Jamais. Mais s'il te plaît, avant de partir, pose-moi sur tes genoux, dis-moi que tu m'aimes. Puis va-t'en rejoindre tes foutues ombres.

Zio était le seul à être déjà débout.

Le voilà, mon oncle : dans un costume de ville avec une pauvre cravate maladroitement nouée (qui forme une sombre bosse à hauteur du cœur), il est agenouillé devant la dépouille de ses bêtes qu'il touche du plat de la main, comme s'il implorait le ciel de lui pardonner d'avoir fait ça, ou plutôt, de ne pas avoir pu faire autre chose que ça : les avoir changées en torches. Étrangement, il semble calme, on dirait Mams quand elle a bien dormi ou qu'elle rentre de Santa Lucia. Moi, je le regarde traverser la cour et se pencher sur les dormeurs, qu'il salue comme il vient de le faire pour ses bêtes, en les touchant du plat de la main. Je le regarde fixer le ciel, sa ferme, le hangar effondré. Et puis Madde, dont il embrasse le front avant de venir vers moi.

— J'ai une course à faire. Je dois y aller.

Il tremble, il serre ma petite main et ses yeux brillent comme ceux des bêtes avant l'orage, quand elles se réfugiaient sous le pommier de Paps, l'arbre aux oiseaux*.

À son regard, je sais que quelque chose va se produire, quelque chose de mauvais, mais je suis tellement K.-O. que je ne réponds pas.

— Aide Madde pour les cultures, d'accord ? Je te fais confiance, ma fille. Je t'aime.

Là, il me fait un petit ciao de la main, puis je le vois quitter la cour un colis sous le bras, et s'enfoncer dans les fourrés avec ce pas chuintant qu'avait Marcio quand il ramenait le bois de chauffe. Est-ce que je crie ? Non, je le regarde simplement marcher, jusqu'à ce qu'il ne soit plus qu'un point à l'horizon, un tout petit point, et

* Le pommier de Paps. Je n'en ai pas encore parlé. Un pommier mort où il fixait des fruits pour attirer les oiseaux dans la cour. Les fruits (des pommes et aussi des oranges) étaient fixés aux branches à l'aide de petites ficelles. Paps adorait que les oiseaux picorent ces fruits, été comme hiver. Il ne s'en lassait pas. Nous, on vomissait cet arbre qu'il aimait plus que nous. Alors, on arrachait les fruits, on coupait les ficelles et on pissait dessus. Pisser sur l'arbre de Paps. D'une certaine façon ça résumait tout.

puis je me rendors. Je ne sais pas combien de temps. Tout ce que je sais, c'est que pendant tout ce temps je revois la Habdourga ; je revois le marigot et les massifs d'agaves ; j'entends Calixte et le bruit des fleuves qui me rappelle nos uniques vacances, un jour et une nuit à Lienara : Paps qui presse l'accélérateur pendant que Mams, pour calmer le jeu, parle du paysage ; Paps, devant le bagagiste de l'hôtel du Régime, n'en revenant pas qu'un type porte ses affaires, que quelqu'un puisse faire ça ; Mams, dans la piscine de l'hôtel du Régime, avec ce beau maillot une pièce uniformément noir, qui cherche à nous couler sans penser à rien, tant c'est bon et c'est doux, tandis que Paps, lui, fume pipe sur pipe dans cet endroit qui le rend dingue, parce que, pour être bien, il a besoin que se confondent les bruits de sa bêche et ceux de son cœur, il a besoin de suer, Paps, de travailler, et qu'on soit à distance ; puis encore le soleil ; et le roulis des fleuves ; et le sourire de Mams qui nous regarde et semble enfin en paix.

Quand on s'est réveillés, le soleil était haut dans le ciel et on se mit à chercher Zio.

Madde fouilla les étables.

Les frères Poddere montèrent jusqu'à ses champs.

L'Homme-mortadelle fouilla le fenil.

Moi, le temps de recouvrer mes esprits, j'expliquai ce que j'avais vu.

— Il devait faire une course. Il avait un colis sous le bras.

— Un colis ? Une course ? Tiens, fit Bernardo Podere.

Mais nul ne s'inquiéta davantage et, petit à petit, on se mit à nettoyer la cour. On rangea la vaisselle. Les femmes lavèrent le sang. Les hommes enterrèrent les cadavres en dehors de l'enceinte. Les enfants continuèrent de dormir, sauf Félix, qui jetait des cailloux à la face du ciel et courait partout.

Un jour passa.

Puis deux.

Puis des rumeurs venant des bleds voisins se mirent à circuler, des rumeurs qui disaient que Zio avait été retrouvé coupé en petits morceaux, y compris les oreilles et les doigts, exactement comme Bodeschou. Certaines rumeurs disaient qu'il portait une arme et que les miliciens, en voyant cela, l'avaient balancée dans un bras de fleuve, et Zio avec. D'autres prétendaient qu'on l'avait arrêté parce qu'il avait blessé des hommes du Régime sur la route Nossantu-Sassaru, et semé la pagaille dans un magasin d'électroménager.

Cinq jours passèrent encore.

Puis six.

Puis la télé parla et c'en fut terminé des rumeurs.

La vérité, c'est que Zio, dans son costume de ville, avait été arrêté sur la Costa Lolla, où il avait posé une bombe dans le port où mouillait le yacht de Bokwangu, lequel malheureusement ne s'y trouvait pas. Après ça, on apprit qu'il avait été transféré à la capitale où, d'après ce qu'on comprenait, son procès allait se tenir. Est-ce qu'il serait pendu ? Découpé à la machette ? On ne savait pas. La télé répétait que le yacht avait été pulvérisé, des gens avaient pris peur, un mouvement de panique avait suivi, et beaucoup de personnes avaient été piétinées.

Les jours suivants, on n'entendit plus parler de Zio, et ce furent les sempiternelles infos concernant l'état d'avancement des travaux, les ouvertures de grands magasins Bokwangu et la courbe décroissante du chômage. « Vous aussi, vous méritez le changement. Vous aussi, vous pouvez être riches et rentrer dans l'Histoire ! » Bien plus, si on retroussait les manches, on deviendrait nous aussi des gens civilisés, responsables et soucieux de donner une bonne image de nous. On porterait des shorts et on courrait, devant un miroir, sur un tapis roulant dans des salles de musculation. On prendrait soin de notre santé, on aurait des bars à cocktails, des bicoques protégées par des systèmes d'alarme et des restos ultra-branchés. On aurait le bonheur. En entendant ces mots, on en devenait malades, on avait des haut-le-cœur.

— Et si c'était toujours à refaire ? je disais. Si tout n'était qu'une danse et qu'on en revenait toujours aux mêmes points ? Aux mêmes horreurs ? Vous en dites quoi, les mecs ?

— Que je vais l'buter, disait Marcio, qui traçait

dans la terre la tête infâme du Colonel, avant de la fracasser.

Dans cette histoire, il n'y avait que Madde, en fin de compte, qui gardait son sang-froid.

Elle, elle refusait d'admettre l'arrestation de Zio et faisait comme avant, comme si de rien n'était : elle binait le sol des plantations, elle tuteurait les greffes, elle supprimait les bourgeons inutiles, nourrissait les poussins que Bellagu nous avaient offerts, et réparait les petits abris où ils se retiraient la nuit. Elle, elle semait la carotte en ligne après avoir durci la terre avec son pied. Elle s'occupait des vaches et des brebis des autres, s'assurant que leurs repas fussent servis à heure fixe, comme il se doit. Comme il le faut, disait Zio.

Mais, alors que sa tête bouchait le cul de l'une ou l'autre bête pour éviter que celle-ci ne défèque dans le seau de la traite, soudain, elle lâchait tout, Madde, et s'en allait se figer à l'angle de ces champs où des dizaines de fois elle avait entendu le bruit de la faux de Zio, et vu son corps coucher les blés.

— Arrête, on lui disait à ces moments-là. Arrête, Madde.

Mais elle ne bougeait pas et fixait le vide tout autour d'elle, le corps absent de Zio, sa découpe blanche dans le soleil, pendant que je songeais qu'être séparé de quelqu'un, c'est être séparé non pas une fois seulement et pour de bon, mais des tas de fois, pendant des jours, des mois et des années, jusqu'à ce que le manque, enfin, en ait assez de vous butiner le cœur. Voilà, je me disais : être séparé, c'est être séparé des tas de fois, pendant des mois et des années, jusqu'à ce que le manque en ait assez et vous laisse peu à peu en paix, si c'est possible.

17

Le retour béni de Mama Luna

Lorsque le verdict tomba – « prison à vie pour l'écervelé de Posino », « le criminel de la Lola », « le terroriste Carabini » –, les miliciens, comme si cela ne suffisait pas, vinrent nous narguer. Ils collèrent des affiches de la sentence avec la tête de Zio en grand dessus, et se moquèrent de nos champs qui finissaient de se roussir, de nos clôtures, de nos épouvantails partis en oiseaux de feu et de nos cheptels disséminés.

Nous, certainement par réflexe, on tenta de se relever. On se secoua les fesses. On retourna la terre, enfonça dans le turbin le bruit blessé de nos respirations, la fumée blanche et bleue de nos pipes en écume de mer, entoura les fruitiers de couronnes d'épines pour que le bétail ne les mange pas, et tout, lentement, vint à se remplir du vacarme des bois taillés pour les piquets, des pierres qu'on entreposait pour les étables et les murettes, et des champs qu'on binait dans l'espoir qu'ils renaissent.

Il fallait tout recréer, on se disait. Pour Zio, oui, il fallait le faire.

Or, si les Podere purent réintégrer leur ferme, si certains champs reverdirent, si les pentes du Mirdu regrouillèrent de guêpiers, le désastre restait complet. Les incendies nous avaient mis à genoux, on ne possédait plus rien. Mais le plus grave, maintenant, c'était l'envie : on n'avait plus envie de rien depuis que Zio était parti.

La nuit, on fixait les étoiles en attendant qu'elles se décrochent et nous fracturent le crâne. « Je n'aurai plus longtemps la force de vivre » devint notre phrase type. On se la répétait non-stop, tandis que l'eau-de-vie, bizarrement, n'avait plus le même goût.

De mon côté, je repensais à ce que me disait Zio quand on gagnait ses champs, après mon arrivée chez lui : que j'aurais la vie que je méritais, que moi aussi je trouverais la joie.

Comme tout ça semblait loin !

Je le revoyais quitter la ferme avec son colis sous le bras.

Je repensais à ce maudit procès, à l'annonce du verdict, à sa bouche qui se ferme en un rictus mauvais, l'air de dire « faites de moi ce que vous voulez ! je sais ce que j'ai fait, je sais ce que je vaux et qui me juge ! ».

Je revoyais la sale trogne des huiles du Régime sur leurs fauteuils côtelés. Je repensais aux pubs qu'ils envoyaient tous les quarts d'heure pendant qu'on se rongeait les sangs dans la cour de la ferme, convaincus que Zio allait s'en sortir et leur mettrait leur race, à ces salauds, ainsi que disaient les gosses.

J'entendais l'explosion du yacht et pensais à lui pendant ce trajet vers Nossantu, avant de longer la côte et d'arriver dans ce lieu dont il ne savait rien, la très friquée Costa Lolla. Je me tourmentais : quelles avaient été ses pensées ? Là, par exemple, quand ce maudit train s'était arrêté et qu'il avait compris ce que son acte allait semer comme panique, avait-il voulu s'en aller ? Faire demi-tour ? Et puis plus tard, engagé sur l'embarcadère, quelles pensées l'avaient traversé ? À quoi pense l'homme en train de commettre l'irréparable ? Est-ce qu'il avait pleuré ? Est-ce qu'il avait tremblé ? S'était-il offert un café en matant les grands chars à voile, ou s'était-il senti trop plouc et trop pestiféré ? Je veux dire, est-ce qu'on l'avait regardé avec malveillance, comme on regarde les pourceaux de notre espèce sitôt qu'ils quittent leur soue ? Ou, pire, une jeune et jolie fille s'était-elle approchée de lui pour le humer, avant de faire machine arrière, de se tourner vers son amant et de lui dire, assez fort pour que Zio entende, « putain, mais ce type pue ! » ? Avait-il marché en se fermant à ces vents mauvais ? Sans penser à rien d'autre qu'à ce petit colis contre sa poitrine ? Sa petite bombe ? Bam !

Et après, quoi ? Avait-il tenté de s'enfuir juste après l'explosion ? Avait-il l'intention de se cacher ? De se noyer ? Ou, ainsi que je le pensais et le pense encore maintenant, était-il resté immobile, droit comme un I dans son costume grisaille tout sauf de cité balnéaire, en attendant que les forces du Régime le cueillent ?

Ces questions demeurent des mystères.

De même, si l'annonce de son incarcération avait fait grand bruit (la télé en parlait non-stop en disant que c'était un « juste retour de bâton » et que « le terroriste Carabini ne récoltait que ce qu'il avait semé »), il n'y eut aucun mouvement de révolte les jours et les semaines qui suivirent. Rien, il ne se passa rien. Comme nous, les gens étaient à plat et ne pensaient plus possible de changer les choses. Leur colère après l'éruption du Mont Morgiu ? Oubliée ! Leur colère après l'assassinat de Bodeschou ? Finie aussi. Il n'en restait plus rien.

— Quelle colère, d'ailleurs ? disaient-ils. Et quelle éruption ?

On vivait là. Dans la torpeur et dans l'ennui. Comme des chiens, en somme. Comme des chiens et des lâches. Voilà.

Mais, lorsque l'on vit un matin Mama Luna descendre le Mirdu avec son âne Zudo, les vieux se redressèrent sur leurs quilles, les femmes écarquillèrent les yeux et les gosses s'enfuirent en courant, car si Mama Luna revenait, ça voulait dire que le mal, une fois de plus, avait frappé. Mais qui, hein ? Et pourquoi ? Et pouvait-on vraiment tomber plus bas ?

Fidèle à elle, elle n'eut pas un regard pour nous et traversa la cour avec ses sabots noirs, sa chasuble noire et une voix comme un canon à eau dézinguant tout sur son passage.

— Laissez-moi faire mon job !

Elle s'arrêta, chassa les vioques et les curieux, entra dans la cuisine où Marcio préparait le repas, se dirigea vers lui, sortit de son sac une canette de bière et la versa dans un grand verre à pied.

— Ahhhhhhhh ! Quelle tuerie que l'alcool !

Elle plongea un index dans la casserole de soupe en train de cuire, l'appliqua sur la pointe de sa langue en une moue de dégoût après avoir ôté sa pipe, puis recracha par terre et renversa la soupe.

— Vous mangez de la boue ! Vous me débectez !

Après un certain temps, elle prononça le mot « marodou » en touchant Marcio, puis se tourna vers moi.

— Sois pas triste. C'est la vie.

Puis aussitôt :

— Mais non, imbécile, je blague !

Elle souriait, maintenant.

— Vous êtes vivants, bande de ploucs ! Encore faudrait-il que vous vous en souveniez.

Nous poussant dans la cour, elle prit alors la main de Madde, elle l'embrassa, la caressa, lui dit des choses que nous n'entendîmes pas, puis se jucha sur une balle de paille et évoqua Zio.

— C'est un saint ! dit-elle. Zio Carabini est un saint. Vous auriez vu ma joie quand le yacht a explosé !

Elle nous fusilla du regard :

— Mais vous, où est votre vigueur, hein ? Votre courage ? Votre santé ?

Bam !

Elle sauta du ballot et cracha par terre.

— Vous m'écœurez. Les gens qui attendent que le *cut-down** de la vie soit passé, m'écœurent. Je ne devrais pas être là. Mais parce que je vis depuis des semaines avec l'image de ce Saint Homme dans sa cellule, je suis venue ! Est-ce que vous connaissez les prisons du Régime ? Est-ce que vous l'entendez quand on lui passe la tête dans un pneu de bagnole, qu'on le noie dans un bassin d'eau froide ? Vous croyez quoi, bande d'abrutis ?

Elle se tut, fit brasiller sa pipe. Puis, nous fixant comme nous fixait Paps, c'est-à-dire comme des moins que rien, comme des minables :

— Vous êtes des porcs ! Les gens qui attendent que le ciel leur fracture le crâne ne méritent pas de vivre. Dressez-vous, bon sang ! Dressez-vous sur vos pattes !

Et ayant dit cela, on la vit se diriger vers notre étable où elle passa la nuit, lovée contre Zudo.

* Mama Luna, en parfaite autodidacte qu'elle était, avait tout appris sur le tas. Aussi voulait-elle évidemment dire « count-down », à savoir « compte à rebours » ou quelque chose comme ça.

18[a]

Les exercices

Le lendemain, elle nous réveilla en hurlant qu'elle avait mal dormi.

— Et vous savez pourquoi ? fit-elle. Parce que vos étables puent ! Et vous savez ce qu'elles puent ? Le malheur ! Vous vous êtes embrassés, vous vous êtes blottis les uns contre les autres, c'est bien, très bien, mais voilà ce qu'on va faire maintenant : vous allez me récurer ce bordel, vous allez vous laver, puis lorsque vous serez prêts, vous me retrouverez dans les champs de Pepino, car je n'en ai pas fini avec vous, bande de ploucs !

Lorsqu'on la retrouva, elle était comme vissée au ciel, postée sur un rocher en forme de cloche à fromage au milieu des terres de Zio.

Elle nous regarda, moqueuse :

— C'est haut, n'est-ce pas ?

Elle tira une bouffée sur sa pipe.

— Il en faut, hein, du souffle, pour grimper le Mont Mirdu ?

Une autre bouffée, un petit rire sardonique,

puis elle sauta de sa cloche et nous tendit une carte constellée de dizaines de points colorés.

— Votre problème, c'est le souffle. Vous êtes des moules. Alors, prenez cette carte et suivez le tracé de ce circuit. Il y a dix-sept kilomètres en tout, si vous ne vous perdez pas en chemin.

Elle regarda sa montre.

— À neuf heures, je veux que vous soyez de retour ici. Même les enfants. Allez ! Go !

Et voilà. Boddevrustana.

La Source aux ânes.

Le chemin des Enfants noyés.

La croix de la Montagne Blanche.

On marchait vite, comme les machines de guerre qu'on était au fond de nous. Marcio* avait pris la tête du cortège et suivait le tracé à la lettre.

Le bois Chiaramonte.

Les ruines du Goldini, ancienne demeure de Léonescu.

La rivière Ozieri.

La vallée des Sept frères miniers et tous ces

* Depuis l'incarcération de Zio, Marcio était le seul à bouillonner. Pour lui, tout était clair : il fallait poursuivre le combat. S'opposer. Le mot « révolution » collé aux lèvres, il récitait tous les matins sa « liste de tortures à destination de Bokwangu », que nous n'écoutions pas, ou distraitement, pour ne pas le vexer. Je ne garde d'ailleurs de ces tortures aucun souvenir, sauf celle qui consistait à promener la tête de Bokwangu sur un pieu métallique, en chantant des airs paysans. C'était une bonne torture, qui me laissait sans voix, tant il est vrai que j'étais incapable de dire ce qui le ferait le plus souffrir : n'être plus qu'une tête baladée sur un pieu, ou entendre ces chants qu'il vomissait de tout son être recru de modernité.

chemins sauvages connus des seuls gens de Posino.

Honnêtement, on fit de notre mieux. Mieux que de notre mieux. Mais lorsqu'on retrouva le champ et la cloche à fromage, à neuf heures quarante-sept, Mama Luna hurla qu'on était des ratés, la honte du genre humain.

— Espèce d'incapables prétentieux ! Si seulement vous vous bougiez un peu !

Elle fuma trois cigarettes coup sur coup.

But une bière.

Puis reprit :

— Bon, allez, ce n'est pas si grave après tout.

Elle passa une main dans les cheveux de Marcio, lui dit qu'il ferait mieux la prochaine fois, puis nous invita à regagner la ferme.

En arrivant, on vit qu'elle avait dressé une table décorée de fleurs comestibles et de décoctions et de liqueurs dont on ignorait tout. Une table immense avec une nappe parfaitement propre comme on n'en voyait que rarement à la maison. Une merveille.

— Buvez ! fit-elle.

Puis elle se mit à nous renifler en nous tournant autour à la façon de Calixte. Elle inspecta nos vieux habits, sans rien perdre de ce qu'on avalait et de comment on le faisait, puis sortit de son soutien-gorge foulard la chiffonnade d'un texte disant, je reprends dans les grandes lignes :

1. Que le vin abîme le cœur, mais guérit bien d'autres maux. 2. Qu'il faut mâcher ses aliments

et qu'avaler ne veut pas dire manger. 3. Qu'il faut tailler ses ongles en amande pour éviter l'ongle incarné. 4. Que le sang ne circule qu'à l'air libre. 5. Que les poussières apportent des maladies, certes, mais qu'elles sont les demeures du silence. 6. Qu'il faut se tenir droit et ne pas porter de cache-nez, parce que le cache-nez prédispose aux maux de gorge. Et le point 7, enfin. Que le bonheur, comme toutes les bonnes choses, se cache. Mais qu'il est dans chaque pas, chaque minuscule seconde et qu'il suffit parfois de fermer les yeux, simplement, pour le trouver.

— Le reste n'a aucune importance, conclut-elle. Vous avez entendu ? Alors, redressez-vous !

Les jours suivants, le dérouillage continua. On reparcourut de nombreuses fois son tracé de dix-sept kilomètres, puis vingt-sept, trente-sept, et finalement cinquante et un. On se lava chaque matin à la fontaine et on mangea des fleurs. On se gorgea de textes anciens qu'elle nous lisait et on fit de nombreuses dictées*.

— Notez !

« Ce que l'on perd est irrécupérable, et si on le récupère c'est désormais dispersé, ça ne rentre plus dans l'ordre des choses. »

— Notez !

« Il est bon de ne pas savoir. Ne pas savoir

* À ceux qui ne savaient pas lire, elle apprit à tracer des lettres. À ceux qui s'en moquaient, elle se contentait de les faire répéter à voix haute en articulant bien. « À défaut de bien écrire, au moins, sachez articuler », braillait-elle.

combien je vivrai, combien vivra la terre. Ce suspens remplace l'éternité. »

Elle nous força à nous souvenir de notre enfance, à cracher nos colères et à pleurer l'absence de Zio.

— À votre avis, nous demandait-elle comme s'il s'agissait d'un quizz, pourquoi l'incarcération de Zio n'a-t-elle pas poussé les gens à se révolter, alors que la mort de Bodeschou si ?

A. Parce que Bodeschou était journaliste alors que Zio était fermier ?

B. Parce que Zio est incarcéré et pas mort ?

C. Parce que « le terroriste Carabini n'a récolté que ce qu'il a semé » ?

D. Parce qu'on oublie les choses qui font mal, la façon violente dont on meurt, dont on naît, dont on se quitte et, tant qu'il nous reste un filet de souffle, qu'on préfère faire l'autruche et vivre malgré tout ?

Quand des miliciens se pointaient et nous regardaient comme des pestiférés incapables de payer les taxes, qu'ils allumaient des clopes et faisaient mine de les jeter dans nos champs-cendriers, ou crachaient sur nos bêtes et s'en allaient en faisant gueuler leurs jeeps, elle avait cette question :

— Si vous aviez un don, ce serait :

A. Changer les miliciens en rats ?

B. En faire des paysans comme vous, de misérables ploucs ?

C. Devenir plus grands non pas que les miliciens, mais que vous-mêmes ?

Dans le même temps, elle nous parla d'un droit du sol et de liberté. « Est libre qui se détermine par soi seul à agir. »

— Notez !

Elle nous parla de son enfance dans un orphelinat, un endroit de misère dans un lieu impossible, avec des lacs, des ébats de cygne à l'arrière-saison, mais également des claques qui s'abattent au moindre faux pas. Un endroit où, souvent, au milieu des autres orphelins de la région de Tellis, elle appelait sa mère à voix basse, de petits cris, de courtes paroles, qu'elle la prenne dans ses bras et la nuit revienne la border. Elle nous détailla tout, ses angoisses, sa colère, ses vertiges, puis comment elle s'était enfuie.

— Vous êtes enfermés dans un lieu sans espoir, sans eau et sans lumière. Que faites-vous ?

A. Vous apprenez à vous passer de lumière ?

B. Vous apprenez à vous passer d'eau ?

C. Vous apprenez à vous passer d'espoir ?

D. Vous brisez la fenêtre de votre chambre et courez jusqu'au premier vallon, où vous dormez pendant sept jours sans plus penser à rien ?

— Notez !

« La petite fille, qui répondait au doux nom d'Inangbellema, marcha pendant plusieurs jours. Elle apprit à se nourrir de charognes et de fleurs prodigieuses. Un jour, elle en avala une très belle mais très toxique. Elle en mourut. C'était une fleur d'Aconit napel, appelée aussi capuche de moine, capuchon, coqueluchon, pistolet. Le lendemain, ses yeux étaient fermés, son cœur ne battait plus, mais il y avait de la lumière en elle, beaucoup de lumière. Alors, elle pensa que tout n'était pas fini, et elle ouvrit les yeux. Depuis lors, elle marche en espérant retrouver sa mère et ce qu'elle a perdu. Elle est vieille, laide, mais elle connaît les plantes et les racines, et les gens, quand ils la voient, en tombent le cul par terre. Je m'appelle Inangbellema. J'ai quatre-vingt-huit ans et je n'ai jamais retrouvé ma mère. »

— Vous avez quatre-vingt-huit ans et vous retrouvez la petite fille que vous étiez. Que vous dit-elle ?

A. Bonjour.

B. Qui êtes-vous, horrible vieille ?

C. Pourquoi m'as-tu abandonnée ?

Et puis, un jour, elle décréta qu'il était temps de nous souvenir aussi de notre joie, et de notre bonheur. Elle regarda Madde sans rien dire, puis Marcio, puis moi, et, toujours sans un seul mot, lentement, presque tendrement, elle mit le feu aux étables de Zio. Elle incendia ses champs. Elle rassembla les bêtes des autres fermiers et nous demanda si on était prêts.

— À quoi ? fit-on. À quoi, Mama Luna ?

— À votre avis, sombres ploucs ?

Et ayant dit ces mots, elle nous invita à la suivre en direction des plaines. Sans plus nous retourner. Voilà. Sans plus jamais nous retourner.

18[b]

L'autre exercice

En marge des exercices d'endurance, des marches et des leçons d'écriture, il y avait un autre exercice, consistant, lui, à répéter des groupes de mots que Mama Luna imaginait tout spécialement pour nous. D'après elle, tout commençait par là. C'était la base. Des bonnes séries de mots et des répétitions en boucle et à haute voix. D'une part, ça nous rendrait moins imbéciles et, de l'autre, ça nous rendrait joyeux, vivants.

— Liste 1 : aconit, truite, druide, durite, bobard.

— Liste 2 : mouffette, mauviette, triceps, trachée, tranchez. À vous !

Enfin, c'était à notre tour.

Moi : tirette, treuil, trimer, tirer, peureux, pitié.

Zbabou : papa, pipeau, coquetier, pépite, plumier.

L'Homme-mortadelle : séquelle, sucre, sachet, tampon, parpaing, pompier.

Marcio : capsule, crapule, carcan, casse-croûte, purin, brebis.

Ces mots, vous n'imaginez pas comme le seul fait de les dire nous égayait. Comme on était pimpants en les hurlant comme des idiots ! Comme ça nous faisait du bien ! Ça peut paraître fou, mais je vous jure. Essayez. Posez-vous dans votre fauteuil, oubliez tout et criez les mots qui vous viennent. Criez-les plusieurs fois, doucement puis de plus en plus fort. Si vous ne ressentez rien après quelques minutes, c'est hélas qu'on ne peut rien pour vous : sans que vous le sachiez encore, vous êtes morts.

INTERLUDE V

Le destin

Vous vous dites que le sort qui s'acharne, la faim qui gronde, la mort qui frappe, c'en est assez ? Vous avez raison. Nous aussi, on en avait assez de tout ça.

Plus haut, je vous ai dit que je pensais que le destin, peut-être, c'était de payer pour les fautes qu'on a commises. Pour nos erreurs, pour nos errements. Vous tuez un oiseau et, dans l'après-midi, l'arbre au pied duquel vous retrouvez sa petite carcasse morte, au pied duquel vous l'enterrez avec des branches et quelques mousses, cet arbre-là reçoit la foudre et se change en incendie qui ravage tout sur son passage : vos champs, vos terres, vos cheptels, votre ferme. Vous êtes avec l'amour de votre vie et, allongés dans le foin d'une étable où vous ne pensez à rien, votre père soudain surgit et tout, l'instant d'après, est différent : vous vous retrouvez exilée chez votre oncle, à plus de cent quarante kilomètres de chez vous. Votre vie ne sera plus jamais la même, pensez-vous.

Maintenant que je suis vieille et que tout a repris sa place, je vois les choses différemment. Votre vie peut avoir mille visages, mille rebonds, vous pouvez naître et mourir tant de fois, naître et mourir encore, l'essentiel ne change pas : vous ne changez pas. Vous restez celui que vous êtes depuis toujours. Le petit garçon qui rêvait d'être une fille, ou la petite fille rêvant d'être un garçon. Ce que je veux dire, c'est que quoi que nous ayons pu faire avec Marcio (faire mieux, faire autrement, faire plus mal), notre vie serait restée la même. Vous ne pouvez être que vous-même. Le changement n'existe pas vraiment.

Aujourd'hui, quand j'entends des gens clamer haut et fort qu'ils ont changé de vie, je ne peux m'empêcher de rire. Parce que je n'y crois pas, à ces métamorphoses. Ce qui paraît changer, c'est le tracé que prend votre chemin. C'est sa couleur. C'est la femme avec qui vous prenez votre petit déjeuner un jour, puis plus le lendemain. C'est l'enfant que vous attendez de cet homme qui soudain part et ne revient plus. C'est la nouvelle maison que vous occupez. C'est votre peau qui se tanne comme un fruit blet au fil des ans. Mais dans le fond, rien ne change. Il n'y a pas de destin, sauf celui de demeurer qui vous avez à être.

Je le dis plus clairement encore, si c'est possible : quoi que vous fassiez, quoi que vous perdiez, quoi que vous acquériez, vous restez avec vos fantômes. Avec vos peurs couleur corbeau. Avec vos manques venus de l'enfance.

Est-ce que c'est triste ?

Non.

Car vous restez aussi avec votre joie. Dans ce bonheur qui se cache, mais qui est le vôtre depuis toujours.

Ce bonheur, même si on savait bien qu'il ne serait pas entier, on décida de le retrouver. On en avait ras le bol d'attendre du ciel qu'il se déchire. Alors, on déplaça notre joie où elle aurait sa place. Où il fallait qu'elle soit. Où elle pourrait grandir. Croyez-moi, c'est à peu près la seule chose que vous puissiez faire de votre vie. Cultivez votre joie. Le reste n'a aucune importance.

19

La marche

Quand Léo dit qu'on quitta Posino sans se retourner, elle a raison. Mais j'ajoute – qu'elle me pardonne – qu'on s'arrêta à l'entrée du bled, où on construisit une montjoie, un monceau de pierres surmonté d'une croix, en hommage à Zio. Oui, on posa de foutues pierres les unes sur les autres et on les décora, avec de la mousse, avec des lichens et de gros bouquets de myrte arrachés au maquis.

C'était une bonne journée (sans vent), l'air était doux et nos gestes aussi sûrs que quand on épouillait Calixte, doucement, pour ne pas le brusquer. Léo, seule devant la montjoie, pleurait et gueulait en se balançant d'avant en arrière, comme chez nous, quand la panique lui nouait le ventre devant Paps-la-terreur.*

* *Les jours passant, je m'apercevais que j'avais oublié son visage. Le sien et celui de Mams. Ils commençaient à disparaître. Les yeux de Paps, par exemple, je ne m'en souvenais plus. Étaient-ils noirs ou simplement marron ? Gris pépérin ? Je n'en avais plus la moindre idée. De même, était-il réellement aussi grand que lorsqu'il tapait la terre sous mes yeux de gosse ? Est-ce que je l'avais dépassé, maintenant ? Par où se perdent les visages de*

De son côté, debout sur une racine, Mama Luna menait la danse. Elle nous parlait d'avenir pendant que nous, on jurait :

— Zio, l'heure est venue pour nous de nous en aller. Mais on ne t'abandonne pas, tu sais, on t'emmène avec nous.

Fidèle à elle, Madde fixait la lune qui commençait à poindre, en serrant dans sa main la lame du canif de Zio. Dieu ce qu'elle était belle. On aurait dit une vierge ou quelque chose comme ça, de très doux et très pur. Mais la minute d'après, elle fronça les sourcils, planta le couteau dans la montjoie et prononça ces mots, qui demeurèrent les uniques paroles de sa vie.

— Adieu, mon Pepino, bel amour de mon cœur.

Et voilà. Ce fut tout. Elle nous emboîta le pas et on marcha en direction des plaines, avec Mama Luna qui tenait la carte et nous montrait les points par lesquels on devait passer pour éviter les miliciens.

À ce stade, il faut le dire, notre cortège se composait seulement des vaches de Lu, des vaches et des brebis de Lazinar, des vaches et des dindons de Bellagu, des moutons et des poules des Podere, sans oublier Zudo et Pacifico. Et au milieu de tout ça, je me souviens, les femmes serraient la main de leurs maris, qui serraient la main de leurs morbacs ou les tenaient dans des filets à provision collés à leur poitrine, lorsqu'ils étaient trop jeunes pour marcher. J'aimais bien qu'ils fassent ça, car un gosse qui a été serré comme ça ne sera pas

---

ceux qu'on aime ? Où glissent-ils ? Quels sont les traits qui s'effacent en premier ? Reste-t-il quelque chose, à la fin, quand on arrive au bout ? Ou alors c'est le vide et le silence encore ? Le manque ?

malheureux plus tard, je me disais, entouré de Léo et Zbabou, qui, avec moi, fermaient le rang. Les vieux étaient là aussi, qui nous rappelaient les monstres et les zombies des vieux films de Zbabou, dont le cœur cognait comme un piston tant il était surexcité.

— Où c'est qu'on va ? il braillait. Et comment qu'on saura qu'on a atteint notre destination, hein ?

À quoi les vieux disaient qu'on allait juste au paradis, et ils crachaient au beau milieu de ces champs qui les avaient vus naître et qu'ils abandonnaient.

Le bois Chiaramonte.

La grotte de la Vierge apparue.

On marchait prudemment.

Dès qu'il y avait du bruit, on se terrait dans les fourrés comme du bétail pendant l'orage, et on se parlait bas, collés, serrés. C'était bon.

Les nuits, on dormait dans de vieux hangars dont on cassait le revêtement pour retrouver la terre. On faisait du feu qu'on tisonnait et chantait en mangeant les plantes fameuses de Mama Luna, plus des oiseaux que je chassais avec Léo et les Podere.

À ceux souffrant de la soif, Mama Luna donnait des fleurs, les juchait sur Zudo et leur contait les aventures de la petite Inangbellema, de son orphelinat et de sa vie de sorcière-botaniste, pendant que nous, on commentait les paysages, parlait de moulins qu'on inventait, de maisons de fermiers, de châteaux, de vieilles voies de chemin de fer, de lacs et de rivières gorgées de truites saumonées. Non, on ne voyait plus les tours d'hôtels que le Régime faisait construire. On ne voyait plus les petites baraques que les gens se payaient en empruntant aux banques du Régime, baraques qu'ils meublaient en achetant dans les magasins Bokwangu, où ils bossaient souvent près de soixante heures par semaine. Tout confort a son prix.

À présent, on maraudait des fruits, plaçait des pièges que l'on relevait, et rentrait dans des bergeries où nous revenait l'odeur détestée de ce lait que Mams voulait qu'on boive pour qu'on soit forts, une odeur qui nous faisait vomir.

Au loin, on entendait la nuit des hululements de rapaces, le coassement de grenouilles arboricoles, de choses comme ça, mais parfois c'était d'autres bruits, bizarres, qui me faisaient penser que… Non, ils ne viendraient plus, c'était fini. Les phares du vieux pick-up de Paps, Calixte dans la poussière, et Mams à l'avant-plan qui agite un petit mouchoir brodé main en disant « on est là, on arrive, tenez bon mes chéris », tout ça était fini et les seuls bruits bizarres qu'on entendait n'étaient que ceux du sable et des pierres, ceux de la respiration du temps. C'est tout.

Quand des miliciens nous croisaient, ils nous regardaient sans rien comprendre.

— Vous faites quoi ?

Alors Mama Luna se postait devant eux :

— Une horrible vieille croise votre route. Son œil est noir. Elle a des plantes mortelles dans sa besace mais vous assure qu'elle n'en fera rien, parce qu'elle veut votre bien. Si vous ne la croyez pas, que faites-vous ?

A. Vous la frappez ?

B. Vous lui demandez une de ses plantes, car vous non plus, vous n'en pouvez plus de votre vie ?

C. Vous la suivez, vous lui emboîtez le pas ?

Souvent, ça suffisait à les faire fuir. Les autres fois, elle leur donnait des baisers mortels, leur enfonçait un doigt dans le blanc des yeux ou les ignorait simplement. Notre route continuait : des chemins rabougris couverts de sel et de poussière, des buissons blancs, de sombres terres cramées depuis des lustres, des escarpements bas, rougeâtres, rincés de soleil et désolés, des garrigues pleines d'herbes folles et d'insectes nécrophages.

Et puis, à la sortie des Marodu, Mama Luna me regarda, l'air de dire « c'est ton tour, petit, à présent c'est à toi de jouer », et elle me souriait comme ce jour où elle m'avait guéri, si bien que je me postai en tête du cortège, guidé par une lumière qui me portait*.

Les jours suivants, des paysans se mirent à nous suivre. Eux aussi, ils en avaient assez de leur façon de vivre, des promesses de frigos et de lave-vaisselle, des taxes et de ces putains de pubs où le Régime vantait les mérites des déodorants et des chaînes de grands restaurants Bokwangu.

Ils en avaient assez d'être pressurisés. Ils nous regardaient.

— D'où c'est que vous venez ? Avec vos bêtes et tout le bordel, d'où c'est que vous venez comme ça ?

Et moi :

* Je le dis comme je le pense : vous avez en vous quelque chose qui vous guide. Une force. Un souffle. C'est à ça qu'il faut s'accrocher. À cette force qui vous tient, à cette puissante musique qui vous rend sourd depuis toujours, et qui jetait vos parents dans des rages noires. Tant que vous gardez ça à l'esprit, vous êtes contents que les jours se rajoutent aux jours. Vous êtes dans ce bonheur qui se cache mais qui pourtant est le vôtre. Fiez-vous à ces choses : à votre instinct autiste. À vos grandes solitudes. Le reste n'existe pas.

— D'une sorte d'enfer.

— Ah ! Et c'est où que vous allez ?

— Une sorte de paradis.

Et voilà. Là aussi c'était tout. Ils laissaient là leurs champs et leurs outils, leurs bottes bouffées par les liserons, leurs douleurs, leur labeur, les odeurs de purin mélangées à la soupe, leur Landini, et nous emboîtaient le pas en emmenant avec eux leurs femmes et leurs gosses.

Puis ça continuait.

Zanzarra.

Ubari.

Tout allait bien. Même lorsque des détrousseurs nous tombaient dessus, ça allait, ça roulait, parce qu'en voyant ma frange et ma bouche boursouflée comme un pétale de fleur, ils fichaient le camp, les imbéciles, en hurlant qu'ils avaient vu le diable.

Plusieurs journées passèrent. Je ne peux pas dire combien. Mais je sais qu'à la fin, au terme de celles-ci, on retrouva les plaines et les rivières où on avait joué des milliers de fois, bien des années plus tôt. Là où notre imagination était née et où, qu'on le veuille ou non, elle s'éteindrait.

L'air, maintenant, était sec et brûlant. Il n'y avait plus de miliciens. Il n'y avait plus de montagnes. Il n'y avait plus que le ciel, ces terres bourrées de lentisques et cette lumière terrible jetant au sol des écritures secrètes, comme on en trouve dans les cavernes et les rêves les plus beaux.

— Marcio ! gueulait Léo qui paraissait hors d'elle. Tu te souviens de cet arbre, dis ? Et de ces fleurs, et de cette pierre ?

Tu te souviens, oh Marcio ?

— Oui, on y sera bientôt, je répondais mystérieusement.

Mais je n'ajoutais rien, je regardais devant moi et murmurais des choses sur le passé. Puis je serrais sa main et la route, voilà, la route continuait.

INTERLUDE VI

Le rêve

Après des mois et des années, vous marchez entre les rochers rouges, les scories de volcan et cette terre en forme de vaguelettes, de ravines et de trous propre à la Habdourga.

Vous retrouvez le Bordughu, l'Irrighudu, les fleuves et les rivières où vous avez toujours joué, les massifs couverts de poussière et cette lumière gravant partout des signes indéchiffrables.

Lorsque le soleil entaille vos yeux, c'est douloureux, pourtant vous les ouvrez plus grands encore et vous souriez. Vous vous asseyez face au fleuve et laissez l'air entrer en vous. Et si j'étais morte ? vous dites-vous soudainement. Si tout ce qui m'arrivait n'était qu'un peu de bruit dans ma tête ?

Puis, alors que vous vous abreuvez accroupie sur la rive, vous entendez des voix d'enfants en train de jouer un peu plus haut.

— Jure-le, dit la voix d'une fillette dont le visage est caché. Jure de rester près de moi. Toujours. Jure !

Vous entendez jurer.

Vous entendez des cris puis la voyez, elle et d'autres enfants, tirer sur des oiseaux avec des sarbacanes.

— Loupé ! hurle-t-elle. Encore loupé ! Elle continue de crier et vous pouvez les voir sauter dans l'eau en s'embrassant et en hurlant que tout, pour être beau, doit prendre couleur d'argent.

Quand le soir tombe, vous voyez la fillette, menue, dans son large pantalon noir bouffant de paysan, s'approcher d'un garçon qui n'arrête pas de pleurer.

— Arrête, hurle-t-elle. C'est pas vrai ce qu'ils disent ! Arrête ! J'veux pas que tu pleures ! On est normaux, tu piges ?!

Le garçon continue de pleurer et elle, la fillette, le regarde maintenant avec douceur, en récoltant ses larmes et en serrant de son autre main une poupée aux cheveux blonds coupés ras.

— Pas des monstres, j'te dis ! Nor-maux !! Elle serre sa main et crie si fort que vous en avez des coupures dans la tête. Alors, vous marchez vers l'amont en lui faisant de grands signes. Vous l'appelez plusieurs fois. Et, peut-être parce qu'elle a perdu un truc ou que vos cris l'interpellent, elle amorce une lente rotation puis regarde en votre direction. Elle reste comme ça un bon moment. À vous regarder. À vous dévisager.

Ensuite, vous la voyez donner une chiquenaude sur la joue du garçon et lui sourire en disant qu'il est l'heure de rentrer (elle se mord la lèvre inférieure et son visage, à présent vous le voyez, porte une croix des vaches qui balafre sa joue). Comme elle, vous vous mettez à mordiller votre lèvre et vous fixez le ciel. Les nuages bas, de plus en plus sombres. Et les étoiles, au-dessus des eaux.

— Ils vont encore hurler si on ne rentre pas. Allez, j'te dis, rentrons !

Et sur ces entrefaites, comme une puce minuscule, comme une très petite chose, comme une petite fourmi, vous la voyez sauter sur le dos du garçon, puis celui-ci courir vers une sombre masure où brille une minuscule lumière. Là-bas. À l'autre bout des plaines.

20

Notre monde

Les premiers jours, en arrivant, on soigna les malades (la marche nous avait épuisés), on massa les vioques, fit dormir les enfants et, parce qu'on savait que les compresses et le linge chauffés par le soleil sont de bons moyens de vaincre la douleur, on en confectionna pour les plus éprouvés.

Contre les ampoules aux pieds, on délaya dans de la glycérine l'amidon et le tanin de Mama Luna – cela fit des merveilles.

Contre les poussées d'angoisse frappant les nostalgiques de Posino – ils se demandaient ce qu'ils fichaient là, au milieu de nulle part, dans le trou du cul du monde –, on partit à la chasse aux plantes (eschscholzia, pavot orange), dont on fit d'excellentes potions qui calmèrent leurs palpitations.

Si on regarda la ferme ? Non.

Si on se dirigea dans l'étable où notre histoire avait commencé, quand tout était encore possible et que rien ne s'était perdu en ombres ? Non plus. On grimpa uniquement dans le fenil où tout était noir. Bon. Chaud. Mais c'est tout. On ne se coucha pas sur le dos et on ne regarda pas le ciel par une large fissure. On ne ferma pas les yeux et je ne sentis pas, jamais, la langue de Marcio se poser sur moi, puis glisser vers le bas comme une caresse qui accélère, pour me parler de lumière et de nuit et de toutes sortes de choses comme ça. On ne regarda pas les toits abîmés, les tuiles envolées par les vents et plantées en terre comme les dents de la fourche de Paps.

On ne chercha pas, jamais, à savoir ce qu'étaient devenus le bouvreuil et le rossignol.

On n'alla pas au marigot, ni ne fouilla la terre à la recherche de la tombe de l'oiseau mort – vous vous souvenez ?

On ne pénétra jamais, pas une seule fois, dans la cuisine, pas même pour appeler Mams en criant comme on le faisait quand on voulait savoir où elle était, à quel étage, dans quelle pièce, et estimer par là la marge que ça nous laissait avant de la voir fondre sur nous avec ses litanies.

On ne voulait plus revoir nos chambres, ni nos paillasses. Même savoir pourquoi ils étaient partis, pourquoi ils nous avaient toujours haïs, pourquoi ils nous cognaient, pourquoi, alors qu'on se sentait bien comme on était, pourquoi ils nous avaient toujours pris pour des monstres, même ça on ne voulait plus le savoir.

C'était fini. Tout ce qu'on vit, ce furent les gosses qui, par dizaines, se mirent à jouer avec des bouts de bois et les pneus plats du Landini, au milieu de la cour. Ce fut l'Enfant-Félix, qui se jetait jour après jour dans le Bordhugu, en jurant n'avoir jamais rien vu de si diablement beau. Ce furent les bêtes des paysans, qui dormaient où dormait Calixte par le passé, dans la pente à l'orée du porche, près de la trémie à blé. Ce furent les hommes de Posino, les deux Lucio, L'Homme-mortadelle, Crevé, le Père Popili et Courte-queue, qui se mirent à faire le tour des bâtiments en évaluant les dégâts, calculant, estimant et s'arrachant les cheveux en cherchant comment ils allaient s'y prendre pour tout réparer. Ce furent leurs femmes, qui les accompagnaient et qui parlaient de hourdis, de madriers et de beaucoup d'autres choses dont on aurait besoin*.

— Il faudra tout reprendre, disaient-elles. Tout reprendre patiemment.

Voilà comme elles parlaient. Et voilà comme nous fîmes dans les semaines qui suivirent.

D'abord, on détruisit le vieux hangar nous rappelant trop de mauvais souvenirs, on fit tomber les murs entourant les étables, valser le porche menaçant de s'effondrer, rendit à la poussière le fenil, et nettoya la cour, dont les pavés retrouvèrent la couleur ocre des terres de la Habdourga.

On rénova le corps de logis, dont on fit valser les cloisons, on refit un bon escalier et on réaménagea le grenier en salle d'apprentissage. On créa, à la place de nos chambres, un dortoir où

* Des « bastaings ». Elles parlaient constamment de bastaings. Un mot dont, j'avoue, je ne connais toujours pas le sens.

l'on prit l'habitude de se retrouver, non pas sur des lits, car on n'en voulait pas, mais sur ce qu'on appela le « radeau », un immense matelas constitué de couvertures, où nos cœurs constamment tapaient. Ils tapaient et tapaient.

— Et si les miliciens se pointaient ? imaginaient les gosses. Ils feront quoi ? Ils nous mettront la tête dans des pneus de bagnole ? Ils nous couperont les doigts ? À la machette ? C'est ça ?

— C'est ça, on répondait. C'est exactement ça.

Puis on les rassurait en disant qu'on avait atteint le paradis, et que ni les miliciens ni les hommes du Régime n'avaient le droit d'y entrer, parce qu'ils ne le méritaient pas, simplement. Et puis la zone était tellement déserte qu'on n'avait pas de raison d'avoir peur.

C'était vrai.

La maison de Gianni s'était effondrée comme un château de cartes, et la maison de la mère de Zbabou, bien qu'intacte, était déserte (si bien que Zbabou dut se résoudre à vivre avec l'idée d'un autre parent mort).

Mais le plus important, c'est qu'on ne reprit pas les cultures de Paps. On en avait soupé de tout ça. Le lait, la viande, les céréales. Les temps avaient changé. On produisait du fromage et du pain, du cidre et du vin, mais c'était uniquement pour nous. Et, quand l'équipe qu'on appelait l'équipe du foyer (l'équipe 1) passait aux plantations, l'équipe des plantations (l'équipe 2) investissait le foyer. C'était aussi simple que ça. Tout le monde pouvait goûter le ciel, maintenant. C'était gratuit !

Dans la foulée, Mama Luna déclara qu'elle cessait de faire ce qu'elle avait toujours fait.

— La femme qui vous regarde, dit-elle, celle qui vous soigne depuis toujours, cette femme-là est à bout. À partir de maintenant, elle fera ce dont rêvait déjà la petite Inangbellema, dans son orphelinat de Tellis. Elle créera des chapeaux hauts de forme, des gabardines et des maillots moulants pour filles et pour garçons !

Trois mois plus tard, on portait les tenues de sa confection. De longues robes et des shorts courts. Des chemises bariolées et des bodies en laine tricotés main. Nos vieilles tenues, nos loques, nos longs caleçons et nos noirs sarraus de paysans, on les avait brûlés. Quant aux vieilles robes à fleurs que portaient les femmes, on en avait fait des tentures pour les étables de nos bêtes, et elles dansaient dans le vent.

— La femme, braillait Mama Luna, la femme, répétait-elle pour enfoncer le clou, la femme a naturellement le goût de la vie ordonnée !

Elle éclatait de rire, puis reprenait très sérieusement.

— Mais il se trouve toujours quelques récalcitrantes qui croient être nées pour le plaisir, et cherchent le bonheur partout sauf là où il se trouve : dans l'accomplissement du devoir, au sein de leur famille !

À nouveau, elle éclatait de rire. Puis, traçant une fine ligne au crayon sous mon nez, une très mignonne petite moustache, et faisant enfiler des shorts bariolés aux Lucio, des shorts à pois rouges et violacés à l'Homme-mortadelle, et de longues salopettes couleur citron à Madde et aux jeunes filles, elle nous embrassait tous, à tour de rôle, en nous disant qu'on était beaux, ce qui nous faisait bondir de joie.

Aux enfants, on faisait des franges en demi-lune à la façon de Marcio, et de longues nattes qui couraient jusqu'à leur derrière. Ils portaient des boucles d'oreilles en bois et en pierre, ainsi que des masques avec de la teinture de cornouiller sanguin. On les asseyait sur nos genoux, et on se posait dans la salle d'apprentissage pour les séances de travail quotidiennes :

— Lisez ! hurlait Mama Luna.

« Votre mari a l'habitude de jeter partout ses cendres de cigarettes. Que faites-vous ?

A. Vous ajoutez des cendriers pour qu'il en ait toujours à portée de main.

B. Vous vous dites que ce sont là des choses qui ne méritent pas que vous vous mettiez les nerfs en pelote.

C. Vous vous mettez à fumer la pipe et, comme lui, vous semez vos cendres partout où vous passez.

D. Vous sciez les barreaux de votre cage, prenez la fuite et ne laissez aucune trace de vous. Vous n'avez jamais existé. »

Jour après jour, elle nous faisait écrire des textes parlant de nos peurs et de nos envies, mais également d'autonomie, d'indépendance. Quand on ne comprenait pas, elle nous forçait à développer nos idées oralement, puis à les amplifier par écrit.

— Écrivez, écrivez à votre père depuis la petite fille que vous étiez. Exigez de ce salaud qu'il soit plus doux. Vous avez trente minutes. Go !

Les enfants aussi avaient droit à des leçons.

— Marcio et Léo se rendent au marigot, elle sur Pacifico, lui sur Zudo. 1. Combien d'ânes se rendent au marigot ? 2. Qui a le plus de pieds, Léo ou son âne ? 3. Qui a le plus d'oreilles, Marcio ou son âne ?

Les leçons terminées, on reprenait le travail. Dehors. Dedans. Ça n'avait plus aucune espèce d'importance, car tout ce qui comptait, c'était que poussent nos cultures, c'était produire en suffisance et boire, boire encore et encore l'excellente eau-de-vie de Courte-queue.

C'est étrange de l'avouer, mais pour la première fois depuis des années, tout se passait bien. Plus de pressions. Plus de vertige. Plus de quotas d'aucune sorte. Les tuiles du toit avaient retrouvé leur place et la caresse des vents coulis.

Alors, pensant que le temps était venu de partager un peu avec les autres, on se mit à réfléchir à ce qu'on pourrait faire. Ce que, bon Dieu de bois, on pourrait bien offrir aux gens.

INTERLUDE VII

Tendresse chez les désespérés

Plus haut, je sais que je vous ai dit que les filles et les garçons de Posino s'attachaient immédiatement à nous dès qu'on passait une nuit ensemble. À présent qu'on était à la ferme, c'était pareil, on recevait les mêmes mots :

« Léo, je t'ai bien regardée cette nuit. Toute nue. Dieu ce que tu es belle ! »

Souvent, j'ai pensé que c'était le vide qu'on portait en nous qui les aspirait, quelque chose de ce goût-là. Mais je crois en vérité que c'était notre détresse qui leur plaisait. Quand vous avez été désespérés comme nous, vous regardez les gens autrement, vous n'êtes plus tout à fait le même. C'est comme ça : vous désarmez.

La preuve ?

Alors qu'on s'est toujours foutu de vous en raison de votre physique de mec, on vous trouve belle !

Alors que jusque-là vous n'avez été le confident de personne, on vous livre des secrets.

Enfin, alors que c'est d'imbécile qu'on vous

traitait toujours, à présent on vous demande conseil. « Est-ce que je garde mon enfant, Léo ? Est-ce que tu le garderais ? »

Je suis maintenant une femme d'âge honorable et, en fin de compte, la seule chose que je puisse dire, la seule chose que la vie m'ait apprise, c'est ceci : lorsque vos parents se seront envolés, que vos enfants vous auront tourné le dos et que votre femme, mettons, vous aura quitté pour le père de l'ami de votre fils, regardez droit devant vous avec vos yeux de désespéré, et attendez que les gens viennent. Ne désespérez pas : ils viendront. Pas tous, naturellement, car votre nudité fait peur, mais ceux qui s'approcheront, ça croyez-moi, ils sauront très bien pourquoi ils viennent et ce qui leur plaît en vous, car eux aussi auront touché le fond.

Vous verrez. Il existe une tendresse pour les gens comme nous.

Égarés. Exilés. Mômes perdus dans la longue nuit du temps.

21

Quelque chose d'immédiatement bon

Qu'on ne se trompe pas. On avait l'horizon pour nous, on avait le ciel, on avait le silence et notre petit monde tournait foutument bien, mais on ne possédait rien. Pauvres à crever, culs-terreux comme toujours, on ne pouvait rien faire d'autre que cultiver la terre, cette satanée engeance, en espérant produire quelque chose de potable, avec un maximum de goût. Mais quoi ? Qu'est-ce qu'on pouvait produire qu'on ne connaissait déjà ?

Le soir, quand le soleil allait se ficher à l'autre bout des plaines, on retrouvait la salle d'apprentissage et on cherchait quoi faire, quoi cultiver. On se prenait la tête.

— Des radis ?

— Non !

— Des myrtilles ?

— Bande de ploucs ! braillait Mama Luna. Trouvez mieux !

Ainsi, tour à tour, on proposa des choses qui, chaque fois, furent refusées. Systématiquement.

— Pomelos ?
— Inutiles !
— Citrons ?
— Trop acides !
— Figues de barbarie ? Concombres ?
— Qui me parle de concombres ?
— Poivrons ?
— Infects !
— Menthe poivrée ?
— À la portée de n'importe qui ! Bande de ploucs !

Rien ne marchait jamais. On ne trouvait rien de bon. Mama Luna n'était jamais d'accord.

Tant et si bien qu'on a laissé les choses comme ça, et que la vie a suivi son cours.

Qu'est-ce qu'on pouvait faire d'autre ?

Jour après jour, on a continué de nourrir les bêtes et d'alterner travaux des champs et d'intérieur.

On a continué de manger à notre faim et de boire, boire encore et encore.

Toujours plus.

On a continué de beaucoup apprendre. De lire. D'écrire. De rêver.

Le temps filait. On ne savait plus par où le saisir.

À partir du second printemps, les premiers mioches ont pointé le bout de leur nez. Des enfants des plaines, bon Dieu ! Des gosses dont on ne connut jamais les pères, mais que chacun choyait. Ils passaient de bras en bras, d'une équipe à une autre. Et, si une mère ne s'en sortait plus, il s'en trouvait toujours une autre pour dégainer un sein luisant et lui venir en aide. C'était quelque chose de magique et qu'il faudrait voir plus : les enfants seraient aux anges, et les parents, alors, qu'est-ce qu'ils se détendraient !

Et puis, un soir, Zbabou se dressa sur le radeau. Il avait son sourire de troufion et ses yeux, pour une fois, ses petits yeux toujours tristes, brillaient comme la chique de tabac au bout de la pipe de Zio.

— Je vous présente nos fraises, dit-il. Les fraises de la Habdourga. Elles sont pour vous, si vous voulez.

Mama Luna le regarda.

— Zbabou, où c'est que t'as été dénicher ça, bon sang?

Elle aussi, ses yeux brillaient.

Et elle saisit un fruit qu'elle laissa fondre sur sa langue pendant que Zbabou continuait, et qu'elle, la petite Inangbellema, versait des larmes d'un autre siècle.

— C'est Papsu, dit Zbabou. Il adorait les fraises. Il les cultivait en cachette juste pour Mamsu et moi, derrière l'abri aux poules. Je viens d'aller voir. Elles sont toujours là.

C'était vrai.

Ce soir-là, on n'eut même pas besoin de voter. Des fraises, c'était ça qu'on allait produire !

Le lendemain, on retrouva Zbabou et non Mama Luna dans la salle d'apprentissage. Zbabou qui nous dispensa des conseils.

« Vous pouvez cultiver la fraise n'importe où. »

Il faisait de grands gestes.

« Mais attention, la fraise s'épanouit mal dans des conditions de sécheresse. Aussi choisirons-nous une parcelle en bord de Bordhugu. On creusera un grand trou et, dans le fond de ce trou, on créera une colline de terre où on placera les plants. »

Il était ivre de joie.

Et nous aussi, qui nous mîmes à rêver de fraises vingt-quatre heures sur vingt-quatre, sans plus nous arrêter : construction de serres à la place du hangar, mise en bouture, plantations le long des fleuves, couverture de nos lignes avec des filets anti-oiseaux, installation de rubans de cuivre pour tenir les limaces au loin. J'en passe et des meilleures.

Parallèlement, Mama Luna se mit dans la tête de nous faire passer des tests, pour voir qui serait le meilleur ambassadeur de nos cultures. Et vous savez quoi ? C'est Zbabou (évidemment), l'Enfant-Félix (qui inspirait confiance), le vieux Bellagu (qui avait l'expérience pour lui) et Madde (qui, bien que muette, avait cette douceur que personne n'avait et qui mettait en appétit, rien que par son sourire) qui furent choisis.

Ils partirent plusieurs jours.

En rentrant, ils nous apprirent comment les femmes, voyant nos fruits, tombaient en pâmoison, comment les hommes laissaient tomber leurs bêches et les enfants s'étranglaient de joie.

À Santa Lucia, dans le supermarché Bokwangu que le Régime y avait ouvert, Zbabou avait été parfait. Il avait dit :

— Nous avons six kilos, messieurs, et pas un seul de plus. Or quand on sait que ces fraises sont les meilleures qui soient, voilà ce que je propose…

Et il avait sorti un chiffre énorme, que le responsable des ventes avait fini par accepter malgré sa démesure, en songeant qu'en triplant le prix, le Régime, une fois de plus, s'en mettrait plein les poches.

Les semaines suivantes, d'autres quatuors furent formés, qui distribuaient une moitié de nos récoltes à qui le souhaitait, et vendaient l'autre à Santa Lucia, dans le Rino Morder et quelques autres villes, où le Régime n'en finissait pas d'ouvrir ses magasins, ses salles de sport et ses hôtels pour privilégiés, massacrant la nature et piétinant le monde.

Tout se passa très vite.

En août de la même année (on venait d'avoir dix-huit ans), on reçut les premières commandes pour Nossantu et les grandes villes du Nord, dont Sassaru, la capitale. Des commandes que nous honorâmes et qui firent notre succès.

L'été suivant, des gens vinrent jusqu'à nous pour voir si c'était vrai, pour nous prêter main-forte, cependant que la Habdourga était sur toutes les lèvres et qu'on recevait les encouragements de Bokwangu, oui, de William Bénoni Bokwangu, qui dans une courte lettre vantait notre courage. « Si vous saviez comme je suis fier, écrivait-il, car c'est toute l'économie du pays qui se délecte de vos fraises. »

Dans la foulée, Zbabou, Marcio et d'autres firent la couverture du Zoun, le grand quotidien national, et on parla de nous à la télé.

Avec l'argent gagné, on affina nos productions, on retapa les fermes abandonnées des confins des plaines et on ouvrit nos propres points de vente, où le Régime s'approvisionnait.

L'année de nos vingt ans, on reçut une seconde lettre. « Que les gens veulent vos fraises, ce n'est plus à prouver. Et nous vous en remercions ! Mais ce que nous voudrions, c'est que vous produisiez plus, pour que les fruits de la Habdourga trouvent amateurs partout sur terre ! »

Suivaient des recommandations concernant des quotas à produire chaque mois et chaque année, « pour tenir la cadence et peser sur la scène mondiale ».

Alors, on passa tout naturellement à la dernière étape.

L'histoire touchait à sa fin.

22

Mort et renaissance de la Habdourga

Pendant des semaines, on se claquemura dans notre salle d'apprentissage, où on installa des transats ainsi que des couvertures où on se roulait, la nuit venue. Des petites bougies nous éclairaient, de même que les ampoules à baïonnette piquées dans les décombres de cette peau de vache de Marcello Gianni. Des cahiers d'écolier sur les genoux, un crayon à la bouche, on attendait l'inspiration.

— Allez, hurlait Mama Luna, écrivez quelque chose, bon Dieu de bois !

Elle passait une main dans nos cheveux. Quand on tombait de fatigue, elle nous pinçait l'oreille et nous criblait de chiquenaudes, en nous disant d'aller au diable et qu'on n'était que des flemmards.

À quoi on répondait qu'on y allait tout de suite, au diable, on vidait un verre de liqueur et on se remettait à écrire, au milieu des fumigations de thym et de laurier censées, à ce qu'elle disait, nous purifier.

À la mi-mai, quoi qu'il en soit, le texte, notre texte, était prêt. Je ne sais pas ce qu'il valait, mais on y avait mis tout notre cœur. On l'avait resserré pour qu'il soit le plus tranchant possible. Et, le jour précisément où Madde a accouché de ses jumeaux, qu'elle appela respectivement Zio et Pepino, on décida de l'envoyer à Bokwangu, assorti d'une cagette de fraises. Le voici :

« Attendu que notre peuple n'a jamais cessé de se faire saigner à mort ;

Que le pouvoir, en ce pays, est fondé sur la force et la fraude et se soutient par l'occupation militaire ;

Que l'indépendance de la Habdourga a été proclamée en ce jour de naissance (Zio et Pepino, des jumeaux !) ;

Que notre peuple a la volonté d'élargir son indépendance et de la maintenir pour assurer le bien de ses citoyens, de rétablir la justice, d'assurer la paix intérieure, et de créer une constitution ayant pour base des droits égaux pour les hommes, les femmes, les enfants et les vieux ;

Nous ratifions l'établissement de cet État !

Du reste, nous décrétons que seuls les citoyens seront compétents pour faire les lois susceptibles de les obliger, et que le rose et le rouge seront les seules couleurs auxquelles la Habdourga devra obéissance : couleur des chairs, couleur des veines et de ces fraises que nous aimons.

Nous déclarons, enfin, que tout gouvernement de notre État par une puissance étrangère est une atteinte à notre droit, que nous ne tolérerons pas. Alors, au nom des nôtres, nous mettons notre avenir aux mains de ces terres que les anciens, à travers de longs siècles de tyrannie, ont nourries.

PS 1 : Nous exigeons la libération sur-le-champ de notre leader, Zio Carabini, alias le poseur de bombes de la Costa Lolla.

PS 2 : Vous n'aurez pas notre joie. »

Sur une feuille annexe, on prit soin de fixer les quantités que nous produirions et les prix qui seraient les nôtres.

Tels furent nos mots.

Et, alors qu'on s'attendait à une volée de bois vert, à des menaces, à des sanctions et à la destruction de nos cultures, une lettre (la troisième) nous arriva :

« OK. Tant que nous pourrons compter sur vos fraises pour que tourne notre économie, vous ferez comme vous voudrez. Ce qui compte, c'est que vous vous retroussiez les manches. Nous ne sommes pas là pour vous punir, mais vous encourager. Tant que nous travaillerons en bonne entente, vous aurez notre soutien.

PS : Le dénommé Carabini s'est pendu dans sa cellule il y a six mois. Nous en sommes désolés. Mais peut-être vous consolerez-vous en lisant ces mots qu'il a laissés, et que voici. »

*

« Je vais bien, mes amis. Mais la vie est trop compliquée pour moi. Je manque d'air, voyez-vous. Mes champs me manquent et vous me manquez. Je vous vois dans mes rêves, mais les rêves ne sont rien quand vous vous réveillez ici. Alors, je vais fermer les yeux. Vous comprenez ? Zio est fatigué, et ce monde qu'il s'en va quitter n'est plus vraiment pour lui. Je pense à vous. Je vous fais confiance. Je n'y suis pas arrivé, mais les ombres, je le crois, peuvent être terrassées. C'est tout le mal que je vous souhaite. Je vous embrasse, toi, ma petite Madde, toi, ma belle Léo, toi, diable de Marcio, et vous tous que j'aime tant. À bientôt dans le soleil, votre vieux Pepino. »

Tout le monde pleura en lisant ça.

Puis, je ne sais pas pourquoi, on se mit à marcher en direction des fleuves en se donnant la main, cependant que Madde se cala en bouche la pipe en écume de mer, la bourra d'une chique de tabac, l'alluma et la fit rougeoyer.

Adieu, vieux Pepino.

*

Les mois suivants, on se lança également dans la culture de figues. Mais seules nos fraises eurent du succès.

Zbabou, lui, refit la une de nos journaux et repassa à la télé, entre les amis de Bokwangu et les pubs pour électroménager.

Mama Luna poursuivit ses travaux de couture, qui ne connurent pas non plus le succès.

Félix continua de rire. Mais plus intérieurement. C'était un homme, maintenant. Grand, fort.

Madde demeura muette, comme ses jumeaux, dont le plus grand plaisir était de crever les yeux et d'arracher les ailes des satanées bestioles de la Barbaragia.

Courte-queue ne trouva pas l'amour, sauf dans les bras de Madame-homme, qui fut la seule à bien l'aimer.

L'Homme-mortadelle perdit ses taches, et sembla étrangement rajeunir.

Les deux Lucio et les Podere continuèrent de boire, comme le Père Popili et Crevé.

Bokwangu s'accrocha au pouvoir.

Et pour Marcio et moi, tout se passait bien.

★

Et puis, un jour qu'on achevait la cueillette, un très vieil homme, une canne à la main, des sandalettes d'alfa et un pauvre pyjama brûlé par le soleil, s'est approché de nous.

C'était un vieux avec une tête d'oiseau, des yeux très clairs, bleu pâle tacheté de roux, comme les œufs du tarin des aulnes, et des cheveux blancs comme du cristal de sel.

Il avait une barbe grise et il toussait, toussait, Sainte-queue ce qu'il toussait !

Sans un mot, il s'est approché de Marcio et, en lui touchant l'épaule, il a fermé les yeux et il a dit son nom.

Puis il a fait de même avec moi et, cueillant

une fraise qu'il a laissée fondre sur sa langue, il a regardé le ciel en disant quelque chose que je n'ai pas saisi.

« Toi aussi, tu serais fière d'eux, ma belle ! » Quelque chose de ce goût-là. Puis il s'est mis à genoux, il a pris un cageot et l'a bourré de fraises. Des gestes vifs, précis, qui nous rappelèrent tant de choses.

Là, il a regardé au loin. Il a fixé le ciel et marché vers la ferme en toussant et crachant du sang, puis, arrivé à hauteur de son pick-up garé où se tenait le porche par le passé, il est tombé et il a dit « pardon ». Juste ça : « pardon ».

Après un dernier râle, on a fermé ses yeux, on a fait sa toilette, puis on a fabriqué une croix comme pour Moïse, avec son nom et cette inscription gravés dessus au couteau :

SOUS LA TERRE MAINTENANT
TU VAS DORMIR,
PAPS, TOI QUI SUR TERRE
NE CONNUS PAS LE REPOS.

Voilà.

C'est ce jour-là qu'on a quitté l'enfance, avec Marcio.

ENTRE ICI ET AILLEURS, PETITE TOPOGRAPHIE DE NOTRE PAYS À LA FIN DE NOTRE ADOLESCENCE

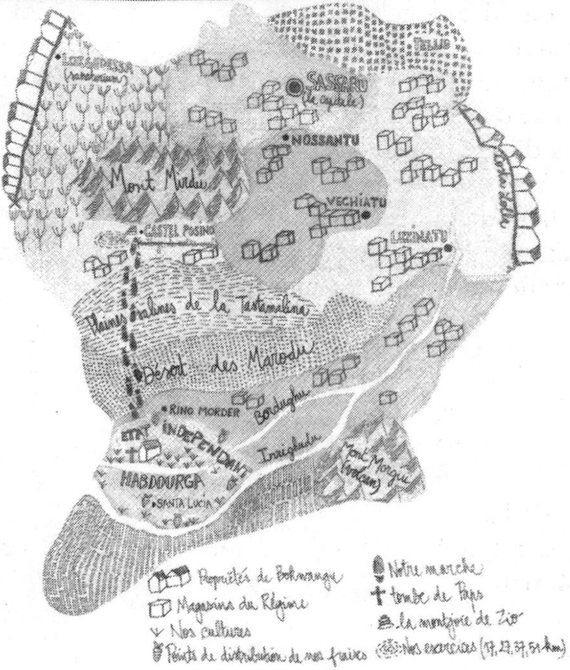

Je tiens à remercier Adrienne Nizet et toute l'équipe de Passa Porta, pour la résidence qu'ils m'ont offerte en novembre 2016. Mes amis Gilles Collignon, Damien Polard, Alexis Alvarez et Antoine Cuypers. Mon frère Charles. Ma sœur Lorraine, qui a construit le plus bel abri qui soit, juste après la tempête. Mes enfants, Sélim et Delia. Louis et Françoise Wauters. Et Hélène Lhoest, qui sait pourquoi.

« La tristesse est un mur élevé entre deux jardins » est une phrase de Khalil Gibran.

« Il faudrait nous demander ce qui pourrait arriver si… » est de Roberto Juarroz.

« La poussière peut-être récupérée… » est de Carlo Bordini. Tout comme « Ce suspens remplace l'éternité » et « Ce que l'on perd est irrécupérable… »

DU MÊME AUTEUR

Aux Éditions Verdier

NOS MÈRES, 2014. Prix révélation de la SGDL et prix Première de la *RTBF*.

MOI, MARTHE ET LES AUTRES, 2018.

PENSE AUX PIERRES SOUS TES PAS, 2018. Prix du Deuxième Roman (Folio n° 6900).

Chez d'autres éditeurs

ALI SI ON VEUT, coécrit avec Ben Arès, *Cheyne éditeur*, 2012.

CÉSARINE DE NUIT, *Cheyne éditeur*, 2012.

SYLVIA, *Cheyne éditeur*, 2014.

L'ENFANT DES RAVINES, *Maelström Reevolution*, 2019.

COLLECTION FOLIO

Dernières parutions

6607. Fabrice Caro	*Figurec*
6608. Olivier Chantraine	*Un élément perturbateur*
6610. Roy Jacobsen	*Les invisibles*
6611. Ian McEwan	*Dans une coque de noix*
6612. Claire Messud	*La fille qui brûle*
6613. Jean d'Ormesson	*Je dirai malgré tout que cette vie fut belle*
6614. Orhan Pamuk	*Cette chose étrange en moi*
6615. Philippe Sollers	*Centre*
6616. Honoré de Balzac	*Gobseck* et autres récits d'argent
6618. Chimamanda Ngozi Adichie	*Le tremblement* précédé de *Lundi de la semaine dernière*
6619. Elsa Triolet	*Le destin personnel* suivi de *La belle épicière*
6620. Brillat-Savarin	*Dis-moi ce que tu manges, je te dirai ce que tu es*
6621. Lucrèce	*L'esprit et l'âme se tiennent étroitement unis. De la nature, Livre III*
6622. La mère du révérend Jôjin	*Un malheur absolu*
6623. Ron Rash	*Un pied au paradis*
6624. David Fauquemberg	*Bluff*
6625. Cédric Gras	*La mer des Cosmonautes*
6626. Paolo Rumiz	*Le phare, voyage immobile*
6627. Sebastian Barry	*Des jours sans fin*
6628. Olivier Bourdeaut	*Pactum salis*
6629. Collectif	*À la table des diplomates. L'histoire de France*

	racontée à travers ses grands repas. 1520-2015
6630. Anna Hope	*La salle de bal*
6631. Violaine Huisman	*Fugitive parce que reine*
6632. Paulette Jiles	*Des nouvelles du monde*
6633. Sayaka Murata	*La fille de la supérette*
6634. Hannah Tinti	*Les douze balles dans la peau de Samuel Hawley*
6635. Marc Dugain	*Ils vont tuer Robert Kennedy*
6636. Collectif	*Voyageurs de la Renaissance. Léon l'Africain, Christophe Colomb, Jean de Léry et les autres*
6637. François-René de Chateaubriand	*Voyage en Amérique*
6638. Christelle Dabos	*La Passe-miroir, Livre III. La mémoire de Babel*
6639. Jean-Paul Didierlaurent	*La fissure*
6640. David Foenkinos	*Vers la beauté*
6641. Christophe Honoré	*Ton père*
6642. Alexis Jenni	*La conquête des îles de la Terre Ferme*
6643. Philippe Krhajac	*Un dieu dans la poitrine*
6644. Eka Kurniawan	*Les belles de Halimunda*
6645. Marie-Hélène Lafon	*Nos vies*
6646. Philip Roth	*Pourquoi écrire ? Du côté de Portnoy – Parlons travail – Explications*
6647. Martin Winckler	*Les Histoires de Franz*
6648. Julie Wolkenstein	*Les vacances*
6649. Naomi Wood	*Mrs Hemingway*
6650. Collectif	*Tous végétariens ! D'Ovide à Ginsberg, petit précis de littérature végétarienne*
6651. Hans Fallada	*Voyous, truands et autres voleurs*
6652. Marina Tsvétaïéva	*La tempête de neige – Une aventure*

6653. Émile Zola — *Le Paradis des chats*

6654. Antoine Hamilton — *Mémoires du comte de Gramont*

6655. Joël Baqué — *La fonte des glaces*

6656. Paul-Henry Bizon — *La louve*

6657. Geneviève Damas — *Patricia*

6658. Marie Darrieussecq — *Notre vie dans les forêts*

6659. Étienne de Montety — *L'amant noir*

6660. Franz-Olivier Giesbert — *Belle d'amour*

6661. Jens Christian Grøndahl — *Quelle n'est pas ma joie*

6662. Thomas Gunzig — *La vie sauvage*

6663. Fabrice Humbert — *Comment vivre en héros ?*

6664. Angela Huth — *Valse-hésitation*

6665. Claudio Magris — *Classé sans suite*

6666. János Székely — *L'enfant du Danube*

6667. Mario Vargas Llosa — *Aux Cinq Rues, Lima*

6668. Alexandre Dumas — *Les Quarante-Cinq*

6669. Jean-Philippe Blondel — *La mise à nu*

6670. Ryôkan — *Ô pruniers en fleur*

6671. Philippe Djian — *À l'aube*

6672. Régis Jauffret — *Microfictions II. 2018*

6673. Maylis de Kerangal — *Un chemin de tables*

6674. Ludmila Oulitskaïa — *L'échelle de Jacob*

6675. Marc Pautrel — *La vie princière*

6676. Jean-Christophe Rufin — *Le suspendu de Conakry. Les énigmes d'Aurel le Consul*

6677. Isabelle Sorente — *180 jours*

6678. Victor Hugo — *Les Contemplations*

6679. Michel de Montaigne — *Des Cannibales / Des coches*

6680. Christian Bobin — *Un bruit de balançoire*

6681. Élisabeth de Fontenay et Alain Finkielkraut — *En terrain miné*

6682. Philippe Forest — *L'oubli*

6683. Nicola Lagioia — *La Féroce*

6684. Javier Marías — *Si rude soit le début*

6685.	Javier Marías	*Mauvaise nature.* Nouvelles complètes
6686.	Patrick Modiano	*Souvenirs dormants*
6687.	Arto Paasilinna	*Un éléphant, ça danse énormément*
6688.	Guillaume Poix	*Les fils conducteurs*
6689.	Éric Reinhardt	*La chambre des époux*
6690.	Éric Reinhardt	*Cendrillon*
6691.	Jean-Marie Rouart	*La vérité sur la comtesse Berdaiev*
6692.	Jón Kalman Stefánsson	*Ásta*
6693.	Corinne Atlan	*Petit éloge des brumes*
6694.	Ludmila Oulitskaïa	*La soupe d'orge perlé* et autres nouvelles
6695.	Stefan Zweig	*Les Deux Sœurs* précédé d'*Une histoire au crépuscule*
6696.	Ésope	*Fables* précédées de la *Vie d'Ésope*
6697.	Jack London	*L'Appel de la forêt*
6698.	Pierre Assouline	*Retour à Séfarad*
6699.	Nathalie Azoulai	*Les spectateurs*
6700.	Arno Bertina	*Des châteaux qui brûlent*
6701.	Pierre Bordage	*Tout sur le zéro*
6702.	Catherine Cusset	*Vie de David Hockney*
6703.	Dave Eggers	*Une œuvre déchirante d'un génie renversant*
6704.	Nicolas Fargues	*Je ne suis pas une héroïne*
6705.	Timothée de Fombelle	*Neverland*
6706.	Jérôme Garcin	*Le syndrome de Garcin*
6707.	Jonathan Littell	*Les récits de Fata Morgana*
6708.	Jonathan Littell	*Une vieille histoire.* Nouvelle version
6709.	Herta Müller	*Le renard était déjà le chasseur*
6710.	Arundhati Roy	*Le Ministère du Bonheur Suprême*
6711.	Baltasar Gracian	*L'Art de vivre avec élégance.*

		Cent maximes de L'Homme de cour.
6712.	James Baldwin	*L'homme qui meurt*
6713.	Pierre Bergounioux	*Le premier mot*
6714.	Tahar Ben Jelloun	*La punition*
6715.	John Dos Passos	*Le 42e parallèle. U.S.A. I*
6716.	John Dos Passos	*1919. U.S.A. II*
6717.	John Dos Passos	*La grosse galette. U.S.A. III*
6718.	Bruno Fuligni	*Dans les archives inédites du ministère de l'Intérieur. Un siècle de secrets d'État (1870-1945)*
6719.	André Gide	*Correspondance. 1888-1951*
6720.	Philippe Le Guillou	*La route de la mer*
6721.	Philippe Le Guillou	*Le roi dort*
6722.	Jean-Noël Pancrazi	*Je voulais leur dire mon amour*
6723.	Maria Pourchet	*Champion*
6724.	Jean Rolin	*Le traquet kurde*
6725.	Pénélope Bagieu	*Culottées Livre II-partie 1*
6726.	Pénélope Bagieu	*Culottées Livre II-partie 2*
6727.	Marcel Proust	*Vacances de Pâques* et autres chroniques
6728.	Jane Austen	*Amour et amitié*
6729.	Collectif	*Scènes de lecture. De saint Augustin à Proust*
6730.	Christophe Boltanski	*Le guetteur*
6731.	Albert Camus et Maria Casarès	*Correspondance. 1944-1959*
6732.	Albert Camus et Louis Guilloux	*Correspondance. 1945-1959*
6733.	Ousmane Diarra	*La route des clameurs*
6734.	Eugène Ébodé	*La transmission*
6735.	Éric Fottorino	*Dix-sept ans*
6736.	Hélène Gestern	*Un vertige* suivi de *La séparation*
6737.	Jean Hatzfeld	*Deux mètres dix*
6738.	Philippe Lançon	*Le lambeau*

6739. Zadie Smith	*Swing Time*
6740. Serge Toubiana	*Les bouées jaunes*
6741. C. E. Morgan	*Le sport des rois*
6742. Marguerite Yourcenar	*Les Songes et les Sorts*
6743. Les sœurs Brontë	*Autolouange* et autres poèmes
6744. F. Scott Fitzgerald	*Le diamant gros comme le Ritz*
6745. Nicolas Gogol	*2 nouvelles de Pétersbourg*
6746. Eugène Dabit	*Fauteuils réservés* et autres contes
6747. Jules Verne	*Cinq semaines en ballon*
6748. Henry James	*La Princesse Casamassima*
6749. Claire Castillon	*Ma grande*
6750. Fabrice Caro	*Le discours*
6751. Julian Barnes	*La seule histoire*
6752. Guy Boley	*Quand Dieu boxait en amateur*
6753. Laurence Cossé	*Nuit sur la neige*
6754. Élisabeth de Fontenay	*Gaspard de la nuit*
6755. Elena Ferrante	*L'amour harcelant*
6756. Franz-Olivier Giesbert	*La dernière fois que j'ai rencontré Dieu*
6757. Paul Greveillac	*Maîtres et esclaves*
6758. Stefan Hertmans	*Le cœur converti*
6759. Anaïs LLobet	*Des hommes couleur de ciel*
6760. Juliana Léveillé-Trudel	*Nirliit*
6761. Mathieu Riboulet	*Le corps des anges*
6762. Simone de Beauvoir	*Pyrrhus et Cinéas*
6763. Dōgen	*La présence au monde*
6764. Virginia Woolf	*Un lieu à soi*
6765. Benoît Duteurtre	*En marche !*
6766. François Bégaudeau	*En guerre*
6767. Anne-Laure Bondoux	*L'aube sera grandiose*
6768. Didier Daeninckx	*Artana ! Artana !*
6769. Jachy Durand	*Les recettes de la vie*
6770. Laura Kasischke	*En un monde parfait*
6771. Maylis de Kerangal	*Un monde à portée de main*
6772. Nathalie Kuperman	*Je suis le genre de fille*
6773. Jean-Marie Laclavetine	*Une amie de la famille*

6774. Alice McDermott	*La neuvième heure*
6775. Ota Pavel	*Comment j'ai rencontré les poissons*
6776. Ryoko Sekiguchi	*Nagori. La nostalgie de la saison qui vient de nous quitter*
6777. Philippe Sollers	*Le Nouveau*
6778. Annie Ernaux	*Hôtel Casanova* et autres textes brefs
6779. Victor Hugo	*Les Fleurs*
6780. Collectif	*Notre-Dame des écrivains. Raconter et rêver la cathédrale du Moyen Âge à demain*
6781. Carole Fives	*Tenir jusqu'à l'aube*
6782. Esi Edugyan	*Washington Black*
6783. J.M.G. Le Clézio	*Alma*. À paraître
6784. Emmanuelle Bayamack-Tam	*Arcadie*
6785. Pierre Guyotat	*Idiotie*
6786. François Garde	*Marcher à Kerguelen.* À paraître
6787. Cédric Gras	*Saisons du voyage*. À paraître
6788. Paolo Rumiz	*La légende des montagnes qui naviguent*. À paraître
6789. Jean-Paul Kauffmann	*Venise à double tour*
6790. Kim Leine	*Les prophètes du fjord de l'Éternité*
6791. Jean-Christophe Rufin	*Les sept mariages d'Edgar et Ludmilla*
6792. Boualem Sansal	*Le train d'Erlingen ou La métamorphose de Dieu*
6793. Lou Andreas-Salomé	*Ce qui découle du fait que ce n'est pas la femme qui a tué le père* et autres textes psychanalytiques
6794. Sénèque	*De la vie heureuse* précédé de *De la brièveté de la vie*
6795. Famille Brontë	*Lettres choisies*
6796. Stéphanie Bodet	*À la verticale de soi*

6797. Guy de Maupassant — *Les Dimanches d'un bourgeois de Paris* et autres nouvelles
6798. Chimamanda Ngozi Adichie — *Nous sommes tous des féministes* suivi du *Danger de l'histoire unique*
6799. Antoine Bello — *Scherbius (et moi)*
6800. David Foenkinos — *Deux sœurs*
6801. Sophie Chauveau — *Picasso, le Minotaure. 1881-1973*
6802. Abubakar Adam Ibrahim — *La saison des fleurs de flamme*
6803. Pierre Jourde — *Le voyage du canapé-lit*
6804. Karl Ove Knausgaard — *Comme il pleut sur la ville. Mon combat - Livre V*
6805. Sarah Marty — *Soixante jours*
6806. Guillaume Meurice — *Cosme*
6807. Mona Ozouf — *L'autre George. À la rencontre de l'autre George Eliot*
6808. Laurine Roux — *Une immense sensation de calme*
6809. Roberto Saviano — *Piranhas*
6810. Roberto Saviano — *Baiser féroce*
6811. Patti Smith — *Dévotion*
6812. Ray Bradbury — *La fusée* et autres nouvelles
6813. Albert Cossery — *Les affamés ne rêvent que de pain*
6814. Georges Rodenbach — *Bruges-la-Morte*
6815. Margaret Mitchell — *Autant en emporte le vent I*
6816. Margaret Mitchell — *Autant en emporte le vent II*
6817. George Eliot — *Felix Holt, le radical.* À paraître
6818. Goethe — *Les Années de voyage de Wilhelm Meister*
6819. Meryem Alaoui — *La vérité sort de la bouche du cheval*
6820. Unamuno — *Contes*
6821. Leïla Bouherrafa — *La dédicace.* À paraître

6822.	Philippe Djian	*Les inéquitables*
6823.	Carlos Fuentes	*La frontière de verre.* Roman en neuf récits
6824.	Carlos Fuentes	*Les années avec Laura Díaz.* Nouvelle édition augmentée
6825.	Paula Jacques	*Plutôt la fin du monde qu'une écorchure à mon doigt.* À paraître
6826.	Pascal Quignard	*L'enfant d'Ingolstadt. Dernier royaume X*
6827.	Raphaël Rupert	*Anatomie de l'amant de ma femme*
6828.	Bernhard Schlink	*Olga*
6829.	Marie Sizun	*Les sœurs aux yeux bleus*
6830.	Graham Swift	*De l'Angleterre et des Anglais*
6831.	Alexandre Dumas	*Le Comte de Monte-Cristo*
6832.	Villon	*Œuvres complètes*
6833.	Vénus Khoury-Ghata	*Marina Tsvétaïéva, mourir à Elabouga*
6834.	Élisa Shua Dusapin	*Les billes du Pachinko*
6835.	Yannick Haenel	*La solitude Caravage*
6836.	Alexis Jenni	*Féroces infirmes*
6837.	Isabelle Mayault	*Une longue nuit mexicaine*
6838.	Scholastique Mukasonga	*Un si beau diplôme !*
6839.	Jean d'Ormesson	*Et moi, je vis toujours*
6840.	Orhan Pamuk	*La femme aux cheveux roux*
6841.	Joseph Ponthus	*À la ligne. Feuillets d'usine*
6842.	Ron Rash	*Un silence brutal*
6843.	Ron Rash	*Serena*
6844.	Bénédicte Belpois	*Suiza*
6845.	Erri De Luca	*Le tour de l'oie*
6846.	Arthur H	*Fugues*
6847.	Francesca Melandri	*Tous, sauf moi*
6848.	Eshkol Nevo	*Trois étages*
6849.	Daniel Pennac	*Mon frère*
6850.	Maria Pourchet	*Les impatients*

Composition : IGS-CP à L'Isle-d'Espagnac (16)
Impression Novoprint,
à Barcelone, le 23 mars 2021.
Dépôt légal : mars 2021
1er dépôt légal dans la collection : janvier 2021

ISBN 978-2-07-290397-7./Imprimé en Espagne.

397175